U0608816

把 整 个 世 界

留 给 黄 昏 与 我

我会在天空垂钓，

看到天底布满鹅卵石般的星星。

每根小小的松针都生出了同情之心，

变长了，变粗了，和我交上了朋友。

我走进了树林，因为我希望从容地生活，
仅仅面对生活的基本事实。

只有居住者才是房子的唯一建筑师——
美来自某些无意识的真实，无意识的高贵，
从来没有在外表上多费脑子。

这种注定产生的伴随而来的美，
将会由生命的无意识之美来引导。

大自然既然可以迁就我们的弱点，

也一样可以适应我们的力量。

八月里，温和的暴风雨时断时续，
这个小湖变成了最难能可贵的邻居。

这是一个惬意的傍晚，整个身子是同一个感觉，
每一个毛孔都流露出快活。

我不比磨房溪、风信子、北极星、南风、四月的阵雨、一月的融雪或者新房子里的第一只蜘蛛更孤独。

把整个世界留给
黄昏与我

〔美〕亨利·戴维·梭罗——著

苏福忠——译

天津出版传媒集团

天津人民出版社

图书在版编目（CIP）数据

把整个世界留给黄昏与我 /（美）亨利·戴维·梭罗著；苏福忠译. -- 天津：天津人民出版社，2018.7

ISBN 978-7-201-13540-3

Ⅰ.①把… Ⅱ.①亨…②苏… Ⅲ.①散文集－美国－近代 Ⅳ.① I712.64

中国版本图书馆CIP数据核字(2018)第111346号

# 把整个世界留给黄昏与我

BA ZHENG GE SHI JIE LIU GEI HUANG HUN YU WO

出　　版　天津人民出版社
出 版 人　黄　沛
地　　址　天津市和平区西康路 35 号康岳大厦
邮政编码　300051
邮购电话　（022）23332469
网　　址　http://www.tjrmcbs.com
电子信箱　tjrmcbs@126.com

监　　制　黄　利　万　夏
责任编辑　玮丽斯
特约编辑　申蕾蕾　常晓光
版权支持　王秀荣
内文插画　TOM GRILL
封面图片　© Olaf Hajek Illustration 2018
装帧设计　紫图图书 ZITO®

制版印刷　北京中科印刷有限公司
经　　销　新华书店
开　　本　787 毫米 ×1092 毫米　1/32
印　　张　9
字　　数　130 千字
版次印次　2018 年 10 月第 1 版　2018 年 10 月第 1 次印刷
定　　价　59.90 元

———

我对一些事情更向往，

尤其珍视我的自由。

———

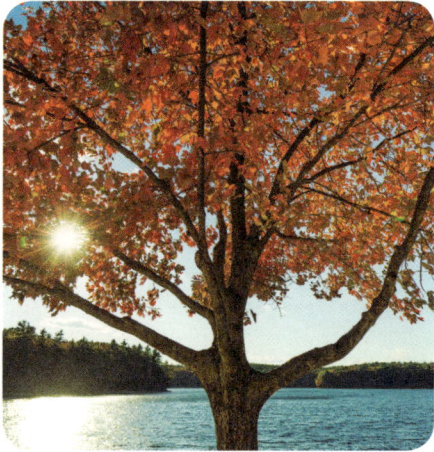

# 目 录

辑一

*Economy*

经济

在漫长的冬季的夜晚，

我会接待偶然来访的客人。

那时往往大雪纷飞，

树林里风儿呜呜呜叫。

# 经济

写作下面这些文字，或者说其中大部分文字时，我只身一人生活在树林里的一所房子里，距离周围的邻居都在一英里左右。房子是我自己一手建造的，位于马萨诸塞州康科德镇的瓦尔登湖湖畔，我用自己的双手辛勤劳作维持我的生计。我在那里生活了两年零两个月。目前，我又是文明生活的匆匆过客了。

我本不应该把自己经历的事情不分青红皂白地硬塞给读者看，只因关心我的生活方式的同镇人问过一些非常具体的问题，或许有人会认为其中一些显然唐突，可是对我来说却一点不觉唐突，而且考虑到各种情况，反倒觉得是自然不过，情理之中。有人问我吃什么，我是否感到孤独，我害怕不害怕，诸如此类的问题。另有人则很想知道我的收入有多少捐献给了慈善事业。还有儿女一大堆的人问我养活多少可怜的孩子。有鉴于此，我要请那些对我不是特别感兴趣的人对我宽恕一点，允许我在本书中回答这些问题。在多数书里，"我"这个字眼，也就是第一人称，略去不用。在本书中，"我"却要保留始终。就"我"字当头这点来看，这是主

要的不同之处。我们往往记不住，毕竟，总是第一人称在讲话。倘若我对别的什么人也十分了解，那么我是不会喋喋不休地谈论我自己的。很不幸，我只谈这个题目，只限于我经历的那点事情。不仅如此，在我的角度上看，我还要求每一位作家，不论先后，都能朴实而诚实地写作自己的生活，而不是仅仅凭借他所听说的，只写别人的生活；比如，一些他从遥远的地方写给他的亲人的那样的记叙文字。因为如果他诚实地生活过，那么这种生活一定发生在对我来说遥远的地方。也许这些文字特别适合穷学生阅读。至于我的其他读者，他们就接受适合他们阅读的部分好了。我相信，没有人穿衣服会把衣服缝一起撑开，因为衣服合身只会让他穿上舒服。

　　我一心想说的一些事情，不会涉及中国人和桑威奇群岛人[1]，而是阅读这些文字的你们，据说都生活在新英格兰；我一心想说的事情涉及你们的状况，尤其你们的外部状况或者这个世界的环境，这个镇的环境，它到底是什么样子，是不是就非得坏成这个样子，是不是就不能改变得多少好一些。我在康科德走了许多地方，遍及各个角落，商店，办公室，田野，在我看来居住者们都在过苦行僧的生活，方式五花八门，不同凡响。我听说过婆罗门僧侣坐在四堆火中间挨烤，眼睛直视太阳；或者头朝下吊在空中饱受熊熊烈焰炙燎；或者转着脑袋看天，"扭曲得简直无法保持他们天生的姿势，脖子曲里拐

[1]　即夏威夷群岛人。

弯，任凭什么都无法下咽，只有液体可以流进肚子里"；或者在一棵树脚下栖身，用链子拴一辈子；或者如同毛毛虫，用身体丈量各个大帝国的版图；或者一条腿站在柱子顶上——这些自觉的悔过形式已够触目惊心，却简直无法与我每天见到的情景相提并论。赫拉克勒斯[1]的十二项艰苦业绩与我的邻居们所承受的困苦相比简直算不得什么；十二项艰苦业绩只是十二项，终归有个尽头，可是我从来没有看见我的那些邻居砍杀并且俘获什么巨妖，或完成什么劳作。他们没有伊俄拉俄斯[2]那样的朋友鼎力相助，用红通通的铁块烫掉九头蛇的头根，而他们铲除一个蛇头便立即会有两个蛇头倏然而出。

我知道与我同镇居住的年轻人，他们的不幸就是继承了祖上的农场、宅第、仓房、牛群以及各种农具，因为获得这些东西比摆脱它们更加容易。他们还不如出生在开阔的大草场上吃狼奶长大成人的好，那样他们可以用更加明亮的眼睛看看他们受上帝召唤在其中劳作的田地是什么样子。是谁让他们成为泥土的奴隶？只有方寸之地可供活口，他们为什么应该坐吃他们的六十英亩收成？为什么他们一出生就应该开始挖掘他们的墓穴？他们本应该过常人的生活，把他们面前所有这些东西统统推开，能过什么生活就过什么生活。我碰到多少可怜的平凡人物，他们在生活重负下苦苦挣扎，喘不过气来，在生活的道路上匍匐而行，在一座七十五英尺长四十英尺宽的仓房前消耗生命，其奥吉亚斯的牛棚[3]从来打扫不干净，一百英亩土地需要用来耕作、打草、放牧；还有小林地需要护理！继承不

———————————

[1] 古希腊和古罗马神，力大无比，不畏艰难，完成了十二项英雄业绩。

[2] 古希腊英雄，赫拉克勒斯的侄子，车夫和助手，曾帮助赫拉克勒斯完成第二件苦差，即杀死九头水蛇和与它结盟的螃蟹。

[3] 希腊神话：相传该牛棚里有三百头牛，三十年没有打扫，后来赫拉克勒斯用河水在一日内打扫干净。

到东西的人为生活奔波，不必受这样继承来的累赘羁绊，但他们会发现付出足够的劳作才能维系几立方英尺的血肉之躯。

但是，人们的劳作受到了错误的支配。人的精华部分很快埋进了泥土，化作肥料。受表面命运的支配，也就是人们常说的必要性，人们终生忙碌，如同一本古老的书里所说，积累财宝让蛾子咬，锈迹生，诱引盗贼破门而入，劫掠而去。这是一种傻子的生活，他们如果不能及早发现，那么活到最后终会发现的确如此。据说，杜卡里翁和匹娜是把石头从头顶上扔到身后创造人类的[1]——

10

> 坚物掷，肉身生，
> 苦难砺，前生定。

或者如同罗利[2]掷地有声地在诗句里写的——

> 人心善且狠，
> 经受苦与忧。
> 顽石铸肉身，
> 心与身并存。

盲目遵从一则孟浪的神示，多么不可思议，从头顶往身后扔石头，全然不回头看看它们都落到了什么地方。

多数人，即使在这个相对自由的国度，仅仅因为无知和

———————————

[1]  古希腊神话:大洪水后,杜卡里翁和匹娜二人受神昭示,把大地母亲的骨头(即石头)向背后扔去,每一块石头都变成了人。

[2]  罗利(Walter Raleigh),英国著名航海家和作家,颇具传奇色彩,女作家吴尔夫为他写过一篇非常有名的评论,赞许他的性格。

所有值得纪念的事件都会在早晨的时间和早晨的氛围里发生。

错误，为那些人为的忧患瞎操心，为生活困苦没完没了地劳作，却不能采集到更鲜美的果实。他们的手指，因为过度磨砺，茧刺满手，颤抖不止，没法把果子摘到手。实际情况是，劳动之人没有闲暇一日接一日地休养生息，求得复原。他无法保持人气旺盛的人际关系，他的劳作在市场上总是掉价。他没有闲暇别求他路，只能做一架机器。他总是使用他的知识，怎能清楚记得他的无知？他的成长需要无知。有时候，我们应该让劳动主人有吃有穿，不需要什么理由，并且用我们的一腔热情让他身心健康，然后我们才可以对他说三道四。我们天性中的最优良的品质，如同果树的花朵，只有悉心呵护，才能保存下来。可是，我们既没有如此善待自己，也没有如此善待彼此。

我们都知道，你们中间的一些人为穷所困，难以生存，有时候简直连喘一口气都十分困难。我毫不怀疑，你们中间读这本书的一些人，不是顿顿饭都付得起钱，外衣和鞋子眼看要穿烂或者已经穿烂了却没钱买新的，而且即使阅读这几行文字还得忙里偷闲，从你们的债主那里劫掠时间。你们许多人过着多么龌龊下贱的生活，这是显而易见的，因为我经历多了，看得非常清楚。总是捉襟见肘，努力做事，努力摆脱债务，好比一个古来有之的大泥坑，拉丁语称之为aes alienum，就是别人的铜板，因为他们的铜币是用铜做的；苟且活着，黯然死去，还是被别人的铜板埋葬，总是说好还债，答应还债，明天就还，却今天死了，说话没有算数；讨

巧卖乖，祈求恩典，手段使了不计其数，总算没有坐进公家的大牢；撒谎，阿谀奉承，投票，让自己适应一套繁文缛节，循规蹈矩，要么打肿脸充胖子，酿造一种薄如烟气的大度的氛围，为的是说服你的邻居让你给人家做鞋子，做帽子，做衣服，做车辆，或者给人家进些杂货；把自己折腾病了，为的是攒下点什么以应付患病的日子，在一口旧箱子里或者灰墙皮后面一只袜子里藏点什么，或者，更加安全地存在青砖银行里，不管藏掖在哪里，不管积攒多少，只要能攒下藏下就好。

我有时候好生纳闷，我们竟能够这般不知深浅——我几乎要说——对称之为"黑奴制"的这种在某种程度来说属于舶来的恶劣的奴役形式十分醉心，不论南方还是北方，那么多贪婪而精明的奴隶主蓄养奴隶。使用一个南方看守人用心不良，可是使用一个北方看守人用心更狠，不过最狠不过的还是你自己就是一个奴隶贩子。谈什么人的神圣！看一看大路上的赶马人，日夜兼程往市场上跑啊，他心里还有什么神圣的念头吗？他的天大责任只是给他的马匹喂草填料！与船运奴隶的利润相比，他的命运是什么？他不是在给一个称雄一方的乡绅赶马车吗？他要什么神圣？他要什么不朽？看看他唯唯诺诺，卑躬屈膝，一天起来胆战心惊，既不神圣也不不朽，只是他自己那套观念的奴隶和囚犯，为自己的行踪赢得一个名分而已。与我们自己那套私有观念相比，公众舆论只是一个软弱的暴君。恰恰是一个人对自己怎么看决定或者明示了

自己的命运。在西印度诸省实行幻想和想象的自我解放——可有威尔伯福斯[1]带来这种理念吗？再不妨想一想，这块土地上的女士们，编织梳妆用的垫子对付世界末日，对她们的归宿听之任之，仿佛你尽可以消磨时光而没有消磨完的时候。

大多数人过着默默挣扎的生活。所谓听天由命就是要人们苦苦挣扎。从这个苦苦挣扎的城镇进入这个苦苦挣扎的国家，你不得已让自己练就水貂和麝鼠的勇气聊以自慰。一种习以为常却浑然不觉的绝望甚至在所谓人类的各种游戏和娱乐下深藏不露。游而无戏，娱而不乐，因为工作之后只是绝望。不过，智慧的一种性质就是不做各种绝望的事情。

使用教学问答法的字眼，我们考虑人类的大致终极是什么，以及生命的真正必需品和手段是什么，表面看来人们已经用心良苦地选择了生活的共同方式，因为他们就喜欢这种方式而不喜欢别的什么方式。不过他们心里明白，选择的余地并不存在。然而，各种警醒的健康的原始状态却记得太阳升起来焕然一新。放弃我们的种种偏见，什么时候都不算晚。任何思考方式和行为方式，不管多么古老，未经证实都是不可信的。每一种物体发出回响或者默默通过，今天看来是真实的，明天也许证明是虚假的，只不过是舆论的轻烟，却有人信以为是一片雨云，会给他们的田野洒下甘霖。古人说你

18

---

[1] 威尔伯福斯（William Wilberforce），从事殖民地奴隶解放活动的英国人，被后人认为思想超前。

不能做的事情，你倒应该试一试，你会发现你能做。旧的行为适合旧的人，新的行为适合新的人。古人可能就是不知道添上新柴可以使火一直燃烧；新人却可以在锅底下放上干柴生起炉火，而且以鸟儿飞翔的速度遨游地球，正如谚语所说：气死古人。活了一把岁数未必就有充分的资格做年轻人的指路人，因为活到老所获得的不见得比失去的多。人们大体上可以怀疑，即使最智慧的人也不见得就真的掌握了什么生活的绝对价值。从实际角度讲，老人对年轻人提不出什么十分重要的高招，他们自己的经历极其有限，他们的生活惨遭痛苦的各种失败，出于种种个人的理由，他们也就信以为真了；实际上也许他们生活过后留下了一些信念，只是他们年龄不饶人，青春不再。我在这个星球上已经生活了三十来年，还没有从我的长辈那里听说从未听过的珍贵的只言片语，连认真的忠告也寥寥无几。他们没有告诉我什么，可能对我讲不出什么很得要领的话。生命，在很大程度上就是我还没有尝试的一次实验；他们尝试过了，可是对于我却没有多少可以借鉴。倘若我有什么自己认为有价值的东西，我一定会想到，这是我的良师益友还不曾说过的。

一个农人对我说："你不能只靠吃蔬菜活着，蔬菜对骨头一点作用也没有。"所以，他虔诚地花半天时间弄些骨头所需的养分滋补身体；他说这话的当儿，一直跟在牛的后面，而那些牛依靠蔬菜养就的骨头拖着他和他的木犁款款而行，所向披靡。在某些范围里，有些东西的确是生命的必需品，在其他范

每一滴下落的雨点，我房子周围每一种声音和景致，
都是一种无穷无尽和无以数计的友好。

围里却只是奢侈品，而在另一些范围里则完全是未知之物。

人类生命的全部境地在一些人看来已经为前人走遍，无论山巅还是峡谷，所有东西都关注到了。按照伊夫林[1]的说法："智慧的所罗门为树间的距离定下了规矩；罗马地方官规定你过多长时间可以到邻居的田地里收集橡实而不算偷盗，多少橡实理当归属邻居。"希波克拉底[2]甚至对我们如何剪指甲都留下了秘方，也就是说对我们的指头尖尖都有说法，不可过长也不可过短，应与指头等齐。毫无疑问，以为把生活的多样化和种种欢乐全都耗尽的那种乏味和郁闷，如同亚当一样天荒地老。然而，人的各种能力从来没有被估量透彻；我们不可以根据先例判断人还能干什么，已经尝试过的东西实在是太少了。目前为止你不管经受了多少失败，"别因此一蹶不振，我的孩子，有谁会指派你去做你还未曾做完的事情呢？"

我们可以通过上千种简单的测验，尝试我们的生命；比如说，同一颗太阳晒熟了我的豆子，同时也照亮了如同我们的星球一样的星系。如果我记住了这点，一些错误就可以防止。我锄豆子时却没有这样想。星星是众多奇妙无比的三角形的顶尖！宇宙的领域形形色色，相距遥远截然不同的物种却会在同一时刻注视着同一个东西！大自然和人类生命如同我们几种机体一样形形色色。谁能说清楚生命会给另一个人提供什么前景吗？我们之间瞬间的眼睛相视，还有比这更伟大的奇迹发生吗？我们应该在一定的时光里经历所有的时代；

[1]　伊夫林（John Evelyn），英国乡绅和作家，皇家学会创始人之一，拥有美术、林学、宗教诸方面的著作三十余部。他的《日记》（1641—1706）是英国社会六十余年的政治、社会和宗教生活的见证。

[2]　希波克拉底（Hippocrates），古希腊著名医生，为西医的始祖，其《希波克拉底文集》涉及解剖、治疗和各种疾病，但经后人研究发现此书并非一人所著。

是的，经历各个时代的所有世界。历史、诗歌、神话！——我知道阅读别人的经验总不会比阅读历史、诗歌和神话更能令人惊诧，得到信息。

我的邻居所看好的东西，有很大一部分我相信我内心恰恰认为不好，而且倘若我对什么事情有所忏悔，那很可能会是我的良好行为。什么恶魔附身，让我表现得这么良好呢？老年人啊，你也许说了你觉得最智慧的话——你活到了七八十岁，赢得了一种名誉——可是我却听到一种不可抗拒的声音，要我远离这一套。一代人遗弃另一代人的事业，如同遗弃搁浅的船只。

我想，我们可以相信许多事情，哪怕我们实际上并不相信也并无大碍。我们可以放弃多少对自己的关怀，就可以在别的地方诚实地给予一些关怀。大自然既然可以迁就我们的弱点，也一样可以适应我们的力量。一些人没完没了的焦虑几乎成了难以医治的疾病形式。我们天生会把我们所做的工作的重要性加以夸大，可是有多少工作我们根本没有去做？或者，一旦我们病倒了又会是什么情形呢？我们多么会左右逢源！只要我们可以避免，我们便决心不按信仰生活；白天时时刻刻保持警惕，晚上我们又言不由衷地说出我们的祷告，把自己托付给各种摇摆不定的运道。我们如此彻底而真诚地苟且生活，崇敬我们的生命，拒绝可能发生的变化。我们说：这就是唯一的方式；然而让光束聚焦的方式多种多样，生活方式也是多种多样的。所有的变化只是一种思考的奇迹。孔

子说："知道我们知道所知道的，知道我们不知道所不知道的，这才是真正的知识。"只要有一个人将想象的事实归纳为理解的事实，我敢说，所有的人便会最终在这个基础上营造他们的生活。

我既然提到了麻烦和焦虑，那么不妨耽搁一点时间，考虑一下其中大部分内容是什么，有多少需要我们费心对付，或者至少小心对待。倘若可以过上一种原始的或者开荒的生活，好处总是有的，哪怕置身一种外部文明之中，只知道生活所需的大概必需品是什么，用什么方法便可以获得这些基本的必需品；或者，甚至只需翻一翻商人的旧流水账，看看人们在商店里主要购买什么，储存什么，也就是说，最粗糙的杂货是什么。因为，时代虽然在改进，却未对人之生存的基本法则产生多少影响；如同我们的骨骼与我们祖先的骨骼放在一起，大概是不容易区别出来的。

从字眼上讲，生活必需，我说的是各个方面，是指人通过自己的辛勤努力获得的一切，从一开始就成为必需，或者长期使用成为必需，对人的生活举足轻重，不可或缺，几乎没有人曾试图摆脱这种必需而生活，不管是出于野蛮、贫穷还是治学，都很难做到。对许多人来说，从这种意义上讲，只有一种生活必需，那就是食物。对大草原上的野牛来说，食物是几英寸可以咀嚼的野草，几口可喝的凉水，另外也就是在森林或者山阴处寻找栖身之处。凡是野生的动物，只需

要食物和栖身。在这种气候条件下，人的生活必需品可以分为几大名目：食物、住处、衣服和燃料；除非确保这几种东西，否则我们根本无法解决生活的真正麻烦，更别说享有自由与奢望成功了。人不仅发明了房子，还发明了衣服，发明了熟食；借火取暖可能是偶然发现的，后来渐渐知道使用火，起先视为奢侈品，久而久之养成围火而坐的习惯，火最终成为目前的必需品。我们看得出，猫与狗也获得了这种第二天性。居住得当，穿着得当，我们合理地保持着我们自己体内的热量；可是，倘若我们住得过暖穿得过厚，或者燃料使用过多，也就是说，外部的热量比我们体内的热量更多，难道不是可以毫不夸张地说在烹制人体了吗？达尔文，这位自然科学家，谈到火地岛的居民，说起他达尔文自己一伙人穿得严严实实围火而坐，一点也不觉得热，而那些赤身露体的野蛮人在老远的地方待着，达尔文却惊诧不已地发现他们"在这样远距离的烘烤下竟然汗流浃背"。所以，我们听说，新荷兰人光着身体走来走去安然无恙，而欧洲人穿着严实却瑟瑟发抖。这些野蛮人的身体结实和文明人的头脑智慧不可以结合起来吗？根据李比希[1]的说法，人的身体是一座火炉，食物即燃料，保持肺部内燃的燃料。天冷时我们吃得多，天热时我们吃得少。动物的热量是缓慢内燃的结果，一旦内燃过快，疾病和死亡便会不期而至；或者，由于缺乏燃料或通风出了一些毛病，火就会灭掉。当然，生命的体温与火不能完全混为一谈，但是作为比喻却是再恰当不过的。因此，从

[1] 李比希（Justus von Liebig），德国化学家，发展基因理论及碳、氢、卤素定量分析法，否定植物腐殖质提供营养的旧理论，提出植物的矿质营养学说，倡导使用无机肥料。

上述情况来看，动物生命这一说法和动物体温这一说法几近相同；因为食物可以被视为在我们体内燃烧的燃料——燃料燃烧就是提供食物或者从外部提供燃料增加我们身体的体温——住处和衣服也只是留住由燃料产生和吸收的热量。

重要的必需品，那么，对我们的身体来说，便是保持我们的体温，保持我们体内的性命攸关的热量。我们为此付出何等的辛苦，不仅要设法获得我们的食物、衣服和住所，而且要努力整治床铺，也可以说是我们夜间的衣服，不惜掠夺鸟巢和羽毛来营造这种居所之中的栖身之地，如同鼹鼠在地洞尽头用野草和树叶建造一个小床！贫穷的人张口就会抱怨这是一个寒冷的世界；身体上也好社会上也罢，我们直截了当地把我们的大部分病症归结于饱受风寒。在一些气候下，夏天能给人带来一种天堂般的生活。燃料，在那里除了烹制食物，居然成了不需之物；太阳就是人的火，许多果实在太阳光的照射下成熟起来；一方面食物总是多种多样，而且几乎是唾手可得，而另一方面衣服和住所却几乎全部或者部分成为不需之物。当今之日，在这个国家，就我亲身经历所体会到的，生活的必需品也不过寥寥几种：一把刀，一柄斧，一把铲，一辆手推车，如此而已。对于好学的人，一盏灯，一些文具加上几本书，已属次要的必需品，而这些物件无需费大力气便可获得。可是，有些人不够明智，跑到地球的另一边，跑到荒野和肮脏的地方，舍身做了一二十年买卖，为了可以生活下去——也就是说，为了得到舒舒服服的温

四月一日，天下起雨来，使冰层融化，

在浓雾笼罩的前半天，我听到一只失群的孤雁在湖上来回翻飞。

暖——最后还是死在了新英格兰。富到流油的份儿上便不只是保持舒服的温暖，反成了违反自然的燥热；一如我前边说过的，他们是在烹制肉体，当然是很时尚地烹制了。

大多数奢侈品，以及许多所谓的生活舒适，不仅不是必不可少的，而且对人类进步大有妨碍。就奢侈和舒适来说，最明智的人甚至比穷人生活得更简单，更朴素。古代的哲学家，不论在中国、印度、波斯还是希腊，都是一种类型的人，外部生活比谁都贫穷，内心生活却比谁都富有。我们对他们理解得并不多。可是很显然，我们对他们的了解倒也不少呢。近代各民族的改革家和造福者的生活状况也都是这样的。只有站在我们应该称之为甘居贫穷的有利位置上，才能对人类的生活公允对待，明智观察。享受奢侈的生活到头来必然是奢侈的结果，农业如此，商业如此，文学如此，艺术也如此。当今之日，有的是哲学教授，但没有哲学家。获取教授头衔令人羡慕，因为有教授头衔可以过上令人羡慕的生活。做一个哲学家不仅要有深奥的思想，甚至建立一个学派，而且要对智慧情有独钟，对其内涵心领神会，甘愿过一种俭朴、独立、高尚与诚信的生活。哲学家是要解决生活上的一些麻烦，不仅从理论上解决，而且从实践上解决。伟大的学者和思想家的成功，往往是朝臣式的，而不是帝王式的，武夫式的。他们对付生活靠的只是循规蹈矩，如同父辈们一样讲究实际，不会从根本上成为更高贵人种的先辈。不过，为什么人类一直在退化呢？又是什么因素使得许多家族没落？奢侈的实质是什么？众

多民族为什么会因此衰退与崩溃？我们可敢保证我们自己的生活中没有奢靡之气？哲学家即使在他的外部生活形式里也是站在时代前列的。他不像其同时代人一样觅食、居住、穿衣和取暖。一个人既然做了哲学家，怎么会没有比别人更好的方法维持他的生命的热量呢？

一个人得到了我描述的这几种模式，温饱无忧，接下来他还想做什么呢？肯定不是同样的温饱越多越好，食物更多更丰富，房子更大更豪华，衣服更好更多，火不停地烧越烧越旺，诸如此类。一个人获得这些生活必需的东西之后，不是贪得无厌地再获取，而是另有选择；也就是说，这时应该在生活上大胆进取，摆脱更加卑微的辛劳，休养生息。表面看来，土壤有利于种子生长，因为种子把它的根须向下扎去，而这时也许要把它的根须信心十足地向上扎去了。人为什么如此坚定地让自己扎根于土壤，而他本可以用同样的劲头向上升向天空呢？——因为那些更高贵的植物最终是根据它们在空中和阳光下结出的果实进行价值判断的，远离地面很多，不像对待比较低等的蔬菜，哪怕两年生的品种，也只是栽种到根茎长成，为了收获根茎齐头砍下，这样一来多数人在其花朵怒放的季节反倒不认识它们了。

我并不打算给强壮勇猛之人界定什么条条框框，他们不论在天堂还是在地狱都能管得好自己的事情，或许大兴土木兴建豪宅，出手阔绰一掷千金，令阔佬儿望尘莫及，而且还不至于穷愁潦倒，简直不知道如何生活是好——真的，但愿

有这样的刚勇之人，一如大家梦寐以求的；我也不打算给那些在各种事物现状中寻找勇气和灵感的人界定什么条条框框，他们以恋人般的眷恋和热情珍爱现状——在某种程度上，我自己就是这类人中的一员；对那些无论在什么情况下都如鱼得水而且十分明白是否如鱼得水的人，我无话可说；我针对的只是那些为数不少的牢骚满腹之人，他们总是无精打采地抱怨自己命运不济，时代多舛，其实他们本可以改善他们的境遇。有些人什么都看不惯，抱怨起来精神十足，没完没了，因为正如他们自己所说，他们牢骚满腹就是在尽他们的责任。我脑海里还有一种人，他们看样子阔气，而实际上是所有阶级中最贫穷的人，尽管攒下了积蓄，却并不知道如何使用，也不知道如何摆脱，于是反倒给他们自己锻造了金银镣铐。

倘若我有心讲一讲我曾如何希望度过往昔岁月中我的生命，说出来的情况也许会让那些多少知道实际情况的读者感到意外，当然也会让那些全然不了解情况的人吃惊。我只提及我十分珍视的一些事情好了。

不管天晴天阴，也不管白昼黑夜，我都焦虑不安，一心想走好生命中关键的几步，并且在我的手杖上刻下记痕；站在过去与未来的交叉点上，正好就是目前这个时候；足尖抵在了起跑线上。请原谅我一些含糊不清的表达，因为我的职业比大多数人的职业有更多的秘密，不是有意卖关子，而是与职业的本质密不可分。我很愿意把我知道的一切讲出来，

永远不会在我的门上写上"不准入内"的告示。

很早的时候我丢失了一条猎犬、一匹栗色马和一只斑鸠，我仍在寻找它们。我对许多过客讲起它们，描述它们的踪迹以及呼叫什么它们就会回答。我遇到过一两个过客，他们曾听见了那条猎犬的叫声，也听到了马蹄声，甚至看见斑鸠消失在云彩后面，而且看样子他们万分挂念地想找到它们，仿佛是他们自己丢失了它们。

早早起来不仅看太阳升起、黎明到来，而且如果可能，还可以目睹大自然本身！多少个早晨，无论冬夏，还没有一家邻居起来忙自家的事情，我却早已起来干我的事情了。毫无疑问，我的许多同镇居民都碰到过我清早亲历大自然回来，他们中有晨曦中赶往波士顿的农夫，也有去干活的樵夫。一点没错，我从来没有依靠力气帮助太阳升起，但是毫无疑问，单是目睹它凌空升起也是再重要不过的啊。

一个又一个秋天，是的，还有冬日，我赶到镇外，试图捕捉风中的动静，谛听并且带回风的诉说！我在谛听中投入了我的全部资本，迎着风奔跑，累得上气不接下气。倘若风中飘着两个政党的什么消息，视风向而定，那可能是抢到要闻的各大报纸已经发表的内容了。那时候，从某堵崖壁或者某棵树的观察台上守望，把捕捉到的点滴新闻用电文发送出去；或者傍晚时分在山顶上观看夜色降临，我也许会趁机逮住什么东西——尽管我从来没有逮住多少——并且这些天赐之物也将会在太阳光下渐渐化掉。

在很长时间里，我是一家刊物的记者，刊物发行量不是很大，刊物的编辑从来也看不出我的大部分稿子适合发表，而且，如同作家们屡见不鲜的境遇，我辛勤写作得到的只是我付出的辛苦。不过，就这一个例子来说，我辛勤写作就是辛勤写作本身的报酬。

许多年里，我是自我任命的暴风雪和暴风雨的检察员，而且忠于职守；我也是巡查员，如果算不上是公路的，那么肯定算是林间小道和所有捷径的，保持它们畅通无阻；另外我又是架了桥的一年四季可以通行的峡谷的巡查员，公众在上面走来走去证实了它们的便利之处。

我曾看守过该镇的野兽群，因为它们跳过围栏让一个守信用的牧人吃了不少苦头；我对这家农场的人烟稀少的边边角角也格外注意；不过我并不知道约那斯或者所罗门[1]今天在哪一块特定的田地里干活儿；那可不是我该管的事情了。我给红红的黑果木浇水，给沙地樱桃树浇水，给红松和黑桦浇水，给白葡萄藤和黄紫罗兰浇水，要不它们在干旱的季节里会干死的。

总而言之，我就这样生活了很长时间，而且可以毫不夸张地说，对我所做的事情十分上心，兢兢业业，直到后来情况越来越明白，我的同镇居民根本不会把我算入镇上的公职人员之列，也不会给我一份说得过去的薪水，让我挂个闲职。

---

[1] 二者均为《圣经》中人物。

我的账目，我可以发誓记得非常仔细，却从来没有人来核查过，更别说得到承认并且付款把账结清了。不过，我也没有在这事上更多费心。

此后没过多久，一个走街串巷的印第安人到我的邻近地区一个有些名气的律师家兜售篮子。"你想买只篮子吗？"他问道。"不买，我们不需要篮子。"这家人回答说。"天哪！"印第安人一边走出大门一边嚷嚷道，"你这是想让我们饿死吗？"看到他的勤奋的白人邻居们丰衣足食，当律师也就是把闲言碎语编织起来，就像变魔术一般变富了，混得有头有脸的，这位印第安人于是心下寻思起来：我要干点事情，我要编织篮子，这事我做得来。他以为把篮子编织出来就完成了自己的角色，随后这个白人律师就理当掏钱买篮子了。他没有看出来他必须把篮子编织得让别人一看就想购买，或者至少让人从心里认为值得购买，或者编织别的什么让人想购买的东西。我也编织过一只篮子，还十分精美，但是我没有把它摆弄得让人觉得值得购置。可在我看来，我却丝毫没有觉得编织篮子是白耽误工夫，也没有琢磨如何编织才能吸引人们购买，而是琢磨着如何避免把篮子编成后卖掉。人们赞许并视为成功的生活，也仅仅是一种生活而已。我们为什么要夸赞一种生活，让另一种生活受到排斥呢？

看出来我的同镇居民不可能让我在镇政大楼里有份差使，在别的地方也没有帮忙干活的位置，我于是必须调整自己，索性更加专注地把注意力转向了森林，因为我对那里更加熟

悉。我下定决心立即开业，不再坐等通常使用的资本，就利用我已经具备的那点微不足道的小资本好了。我到瓦尔登湖畔去的目的不是要便宜地生活，也不是要昂贵地生活，而是要做点私事，别遇到这样那样的阻碍；也别因为缺乏小小常识，没有什么干事业和做生意的才能，连干点私事都不成，反倒让人看见惨兮兮的，当一回傻子。

我一直渴望获得各种严格的做买卖的习惯；这些习惯是每个人不可缺少的。倘若你的生意是与天朝帝国打交道，那么在某个塞勒姆的港口海岸旁边办一间会计室，就足以应付了。你可以把本国生产的各种产品出口，把真正的土产品输出，许多冰、松木和一点花岗岩，都是本土材料生产的。这些东西转手就是好买卖；事无巨细，事必躬亲；领航员、船长、货主和包销者集于一身；既买又卖，管理账目；阅读每封收到的信，撰写或者阅读每封寄走的信；日夜监督进口产品卸货；同时在海岸各处都有你的身影——因为最富有的货船总是在泽西海岸卸货的——自己做自己的电报员，不知疲倦地瞭望地平线，把在海岸附近停泊的过往船只一一讲出来；有条不紊地把货物发出去，为一个遥远而难以饱和的市场供货；不断补充自己，了解市场情况，看看哪里会发生战争，哪里会有长久的和平，估计贸易和文明的种种走向——利用一切探险活动的结果的有利条件，使用新的航道和一切航海技术的改进之处——海图要研究，弄准确暗礁和新灯塔和浮标的位置，对数图表要一次又一次地校正，因为某个计

算者的错误往往会让船只在岩石上撞得粉碎，无法顺利到达安全的港湾——那就是拉·贝儒斯[1]的命运了——要跟上宇宙科学的步伐，要研究所有伟大的发现家和航海家、伟大的冒险家和商人的生平，从古代汉诺[2]和腓尼基人到我们现代人；最后，时刻把库房里的货物记清楚，要知道如何权衡得失。调动一个人的各种官能是一种劳动——像利润和损失的问题，利息的问题，扣除皮重计算的问题，诸如此类的问题都要心中有数，需要广博的知识才能应付裕如。

我已想到瓦尔登湖会是一个做买卖的好地方，不仅因为铁路畅通和贮冰的生意；它还有一些有利条件，尽管说出来也许不是明智之举；它是一个良好的贸易站和基地。没有涅瓦河那样的沼泽需要填埋，不过你必须到处张罗着打桩。据说，涅瓦河的一场洪水，有西风肆虐，加上冰块，会把圣彼得堡从地球的表面冲刷得无影无踪。

由于这桩生意投入运转没有通常意义上的资本，因此从哪里可以弄到物质支持的问题并不容易解决，颇费踌躇，可是干这样的事情又少不了经费。还是马上回到这种实际问题上吧，比如衣服，也许我们置办衣服更多的时候是受标新立异的驱使，受世人观点的左右，忽略了衣服的真正用处。让有工作做的人回忆一下穿衣服的目标吧，首先，是保证维持生命的体温，其次是在社会的现况中把赤条条的身子包裹起来，而后他便可以权衡一下有多少必须和重要的工作可以完

[ 1 ]　拉·贝儒斯（Jean—Francois de La Perouse），法国航海家，到过许多
　　　　地方，1788 年在赫布里底群岛以北美拉尼西亚的瓦尼科罗岛被当地人
　　　　杀害。

[ 2 ]　汉诺（活动时期约公元前 3 世纪后半叶），迦太基贵族。

成而用不着往衣柜里添置衣服。国王和王后的每一套衣服只穿一次，尽管衣服是由陛下的某个裁缝和缝纫工量身缝制，他们却并不懂得穿上合身衣服有多么舒服。他们好比特洛伊木马披上了干净的衣服。我们的衣服却每天与我们朝夕相处，形影不离，穿在什么人身上尽显什么人的性格，于是我们舍不得把它们扔掉，总是一拖再拖，像对待医疗器械一样，态度之严肃，仿佛是与我们的身体分别。没有人会因为穿了带补丁的衣服而让我觉得他低人一等；然而我十分清楚，一般说来，人们更想穿时尚的衣服，起码想穿干净和没有补丁的衣服，这种心情远远超出对拥有一颗健全良心的重视。然而，即使衣服的破洞没有缝补上，让人看出来的最大缺点也不过是不拘小节，不修边幅。有时候，我用这样的眼光测定我的熟人朋友——谁有勇气穿一条膝盖上补了一块补丁或者只是多了两条缝的裤子？多数人看样子都相信，如果他们穿了补丁衣服，他们生活的前程就会因此毁掉。他们拖着一条残腿在镇上一瘸一拐，远比穿这一条破裤子更容易做得出来。屡见不鲜的是，一位绅士在一场事故中弄坏了腿，把腿接上就是了。但是，倘若他腿上的裤子在事故中弄破了，却得不到补救。因为他考虑的不是真正应该体面的东西，而是让别人十分看重的东西。我们认识的人寥寥无几，认识的衣服和裤子却多不胜数。你给稻草人穿上你的最后一件衣服，你不穿衣服站在一旁，有谁不立即向稻草人行礼吗？前天，我路过一块玉米地，在一根穿衣戴帽的桩子旁边，我认出了那块农田

的主人。他比我上一次看见他时显得更有点风雨摧折的样子。我听说过，一只狗会对着所有衣冠整齐的陌生人汪汪吠叫，却很容易被一个赤身裸体的小偷哄得一声不响。人们倘若不穿衣服还能多少保持各自应有的身份，这是一个非常有意思的问题。如果大家身上一丝不挂，你敢保证你能说得出身边文明人中间谁是最尊贵的人吗？法伊佛夫人周游世界，从东向西一路走来，已经快到了亚洲境内的俄罗斯，即将去拜谒当地要人之际，她觉得需要脱掉旅行服装另换行头了，因为她"眼下到了一个文明的国度，而文明国度的人是要根据穿戴评价人的"。就是在我们盛行民主之风的新英格兰各城镇，一个人一下子有了钱，只要人前人后西装革履，行头齐全，也会赢得几乎每个人的尊敬。不过，对这样的尊敬认可的人们，为数众多，都是一些根本没有开化的人，倒是需要给他们派一个传教士去。再说，缝纫衣服，你可以说是一种无休无止的活儿；一件女人衣服，至少可以说，是永远做不完的。

一个人最终找到一些事情做，用不着穿上新衣服去做；对他来说，旧衣服再好不过，已经在阁楼里存放了不知多久，积了很多灰。旧鞋子为英雄护脚，倒比英雄的男仆穿旧鞋子的时间长——倘若英雄有男仆的话——光脚比穿鞋子的历史更久远，英雄光脚打天下有的是。只有那些出席宴会和出进立法院的人才穿新的衣服，而且衣服换了一件又一件，如同这些场合的人换了一茬又一茬。不过，倘若我的外衣和裤子，帽子和鞋子，适合穿在身上对上帝顶礼膜拜的话，它们

便足够了；难道不是吗？谁见过自己的旧衣服——他的旧外衣，实际上差不多穿烂了，连原来什么料子做的都毕露无遗，把它送给某个穷孩子都算不得积德行善，说不定那个穷小子还会拿上它再送给某个更穷的人，这下我们应该说这穷小子还算富有了，因为他若连破衣服都没有拿什么送人呢？依我看，对所有要求穿新衣服的事业都要警惕，而不仅仅注意穿新衣服的人。倘若没有新人出现，新式衣服做出来如何可以合身？倘若你有什么事业可做，还是穿上旧衣服去一展身手的好。所有的人，不是穿上什么好衣服才可以干事情，而是有事情可做就行了。不管旧衣服有多么破烂，多么肮脏，也许我们永远不应该费心置办新衣服，除非我们真的飞黄腾达，事业有成，一帆风顺，觉得新人穿旧衣，穿戴破烂会让人觉得是新酒装在了旧瓶子里。我们脱旧换新的季节，好比鸟禽更换羽毛，一定是我们生活中的一场危机。潜鸟隐退到人烟稀少的池塘边度过换毛的季节。蛇蜕皮也是这样过关的，还有蛹虫脱壳，都是内部苦苦挣扎，向外膨胀；衣服只是我们最表面的一层薄薄的角质，凡夫俗子的烦恼。否则，我们会让人看见我们是在虚假的色彩下扬帆前行，最终必将被我们自己的看法所唾弃，同样也会被人类的看法所抛弃。

我们穿了一件衣服又一件衣服，好像我们是外生植物，依靠外部的增加而生长。我们穿在外面的往往单薄而奇异的服装，是我们的外壳或者假皮，算不上我们生命的组成部分，随便脱在这里那里都不会造成致命伤害；我们经常穿在身上的

更厚的衣服是我们的细胞外层，或者皮层；不过我们的衬衫却算得上我们的韧皮或者真正的内皮，一旦剥下来便会皮肉分离，致人毁灭。我相信，所有物种在某些季节里都会穿上某种与衬衫等同的东西。这是情势所迫，一个人只要穿着薄薄的衬衫，就可以在黑暗中把手放在自己身上，而且方方面面都可以生活得有条不紊，应付裕如，哪怕敌人来攻占城市，他也能够像古代哲学家一样，赤手空拳，不急不慌，信步走出城门。一件厚衣服如同三件薄衣服一样可以在多数情况下穿用，而便宜的衣服可以用真正适合顾客承受力的价格买到；花五块钱买一件许多年都穿不破的厚外衣，花两块钱买一条厚实的长裤，一块五毛钱买一双牛皮鞋，两毛二买一顶夏天的帽子，六毛二买一顶冬天的帽子，或者用很少的成本在家做一项更好的帽子，穿戴这样一套行头，依靠自己挣来的钱置办，就算他还是穷得叮当作响，还会没有聪明人向他表示尊敬吗？

我要求做一件特别样式的衣服，我的女裁缝听了却一本正经地告诉我，"人家现在哪还做这种衣服呢"，把"人家"二字说得轻描淡写，仿佛她引用了一位不食五谷杂粮之人的话，如同出自命运之神的口，这下我发现很难按我所要求的样式制作衣服，因为我的女裁缝不相信我所说的话是当真的，不过信口说说而已。我听了这样神谕一般的话，一时间沉思无语，随后一字一顿地把它复述给我自己听，让自己把其中的意思完全领会，以便我可以发现我和人家有什么必然联系，人家有什么权威竟可以左右一件与我如此息息相关的事情；最后，

我想好了用同样神秘的口气回答她，把"人家"二字说得同样轻描淡写："没错，人家近来是不做这种衣服了，可是人家现在又时兴起来了。"倘若她对我的性格不理会，就算量过我的身高，再把我的肩宽量一下，仿佛我是一个挂衣服的钉子，这种量身又有何益？我们崇拜的不是三女神[1]，也不是命运三女神[2]，而是时髦。时尚纺线，时尚织布，时尚剪裁，时尚主宰一切。巴黎的领头猴儿带了一顶旅行者的帽子，美国的所有猴儿便一个个都戴起旅行者的帽子。我有时候颇感失望，在这个世界上假世人之手，竟得不到任何俭朴而诚实的东西。人们不得不首先通过一架强大的压榨机，把他们的固有观念挤压出来，使他们不能马上用两条腿站立起来，接着在人群中便会有一个想入非非的主儿，谁都不知道他是什么时候从一颗蛋里蹦出来的，即便来一场大火也烧不尽这些东西，你的一切努力都是白费力气。不管怎样，我们都不要忘记，有一种埃及麦子是通过一个木乃伊传到我们手里的。

从整体上说，我认为不能认定这个或者那个国家的服装达到了一种艺术的至尊地位。当前人们还是穷于应付，弄到什么穿什么。如同搁浅船只上的水手，他们在沙滩上找到什么就穿戴什么，相隔一点距离，不管是为了和睦相处还是因为时间关系，彼此嘲笑对方化装舞会般的服饰。每一代人都会嘲笑旧的

[1] 古希腊神话中司掌光明、欢乐和盛事的三女神。
[2] 指古罗马神话中的命运三女神。

时尚，却又虔诚地追逐新的时尚。我们看到亨利八世或者伊丽莎白女王一世的服装感到好笑，仿佛他们是食人岛上的大王和王后。所有服装脱离了具体的人就会显得可怜和怪异。抑制嘲笑并且对不管什么人的衣服都认为庄重，仅仅取决于严肃的眼光和穿着当时的衣服走过的诚实生活。让戏剧丑角表演肚子痉挛的滑稽样子，他的穿戴也会随之为这种表演服务。士兵被炮弹打中，炸烂的军服会立时变得艳紫夺目[1]。

　　饮食男女对新异样式像孩童一样喜欢，趣味野蛮，对着万花筒摇了又摇，看了又看，为的是发现今天这代人要求什么特别的样式。制造商们很清楚人们的趣味是此一时彼一时。两件样式，一件与另一件的不同之处只是几条线在颜色上多少有所区别，可是一件立即卖掉了，而另一件却在货架上无人问津，尽管每每发生的情况是刚刚过了一个季节，无人问津的衣服便成了最时尚的好东西。比较起来，文身倒算不得什么恶习，不像人们所说的那样可怕。这还不仅仅因为文身刺进了皮肤，更改起来不容易。

　　我不相信，我们的工厂制度就是人们得到衣服的最好模式。操作人员的情况越来越向英国的情况看齐，一天甚似一天；这种情况不足为奇，因为就我所听到的和所见到的，他们恪守的主要目标并不是要人们穿得舒服和熨帖，而是，毫无疑问，工厂需要把钱赚足。在很长的时间里，人只是追求

[1] 在古罗马，紫色是高贵的象征。

他们所看准的东西。因此，尽管一时之间只会失败，他们还是把目标瞄准高处为好。

至于住处，我不否认这是现在的生活必需品，尽管许多例子表明在比这个国家更寒冷的国家，人们已经居无定所生活了很长时间。塞缪尔·莱恩说："拉普兰人[1]身着皮衣，头上肩上套上皮袋，夜复一夜地在雪地上睡觉——所面临的寒冷程度足以让穿毛衣的人在这样的环境里活活冻死。"他看见他们就是这样睡觉的。不过莱恩还说："他们并不比其他人更结实。"但是，人类也许在地球上生活了没有多久就发现住在房子里的便利之处，也就是"居家干般好"，这话原来的意思可能是对房子的种种满意超过了对家庭其乐融融的感受；不过在有些地带，房子总使我们想到严冬和雨季，一年三分之二的时间只用一把阳伞，房子显得多余，"居家干般好"的说法极其片面，偶尔说说罢了。在我们的气候里，到了夏季，过去夜里差不多盖上点东西就行了。在印第安人使用的文字里，棚屋[2]是一天征程的象征，树皮上的一排刻痕或者划痕，则表示他们已经安营扎寨多少次了。人生来没有庞大的肢体和巨大的块头，所以必须设法让自己的世界变得窄小，用墙壁圈起一块地方，以适合自己生活。一开始他赤身露体，待在户外；然而，尽管在平静和暖和的天气里这种生活在白天

62

---

[1] 生活在北欧，如挪威和芬兰一带的人。
[2] 北美五大湖地区印第安人的住所，用树皮或者兽皮建造。

相当惬意，可是倘若人类没有及时利用房子的遮挡把自己保护起来的话，雨季和冬季，且别说可怕的日头，也许早把人掐死在萌芽状态了。根据传说，亚当和夏娃是先穿树叶后穿衣服的。人想有个家，一个温暖的去处，一个舒适的地方，首先是肉体上的，然后是情感上的。

我们可以想象一个时代，还处在人类的婴儿时期，某个有胆量的人爬进一个岩石洞里去躲避风寒。从某种角度讲，每个孩子都是重新开始体验这个世界的，他喜爱待在户外，哪怕是雨天和冷天。孩子搭建房子，骑马玩耍，都是出于本能。谁不记得小时候窥探凹岩或者接近岩洞时产生的那种新奇感？这便是依然存留在我们体内的最原始祖先的部分自然渴望。从岩洞走出来，我们学会用棕榈叶、树皮和树枝以及亚麻编织屋顶，又学会用茅草和稻草、木板和木瓦、石头和砖瓦修房造屋。最后，我们反倒不知道什么是露天生活了，我们的生活更具有居家的性质，其程度超出了我们的思考。从炉边走向田野，竟成了很大的距离。倘若我们没有任何屋顶遮挡在我们和天体之间，度过白天和黑夜，倘若诗人没有在屋顶下讲那么多的话，或者倘若圣人没有在屋顶下居留那么长久，事情也许会非常美好。鸟儿不在岩洞里歌唱，鸽子不在鸽棚里爱抚它们的天真幼崽。

但是，倘若一个人设计样式建造一所住房，他有必要使出一点新英格兰人的小花招，免得到头来发现自己身置一家感化院中，一座没有出路的迷宫中，一个博物馆中，一所济

贫院中，一座监狱中，或者一座堂皇的墓穴中。首先要考虑到一个栖身之处并非绝对必要。我看见过佩诺布斯科特河上的印第安人，就在这镇上，生活在薄棉布张起的帐篷里，而他们周围的积雪快有一英尺厚了，于是我想他们也许高兴看到积雪更厚一些，可以把风挡住。曾几何时，如何诚实地维持我的生计，有自由让我进行种种合适的追求，是一个比现在更让我烦恼的问题，因为我很不幸变得麻木不仁了；我过去看见铁路边一个大箱子，六英尺长三英尺宽，夜间劳工们把他们的工具存放在里面，我于是想到每个生活困难之人都可以花一块钱买这样一个箱子，在箱子上弄几个窟窿通气，钻进去躲雨，钻进去过夜，把箱子盖合上，这样他的爱里便有了自由，他的灵魂里便有了自由。这看起来并不是最坏的选择，也无论如何不是一种可鄙的选择。你想坐多晚就坐多晚，只要兴之所至，而且，不管你什么时候起床，就是到国外去也没有什么房东或者店主拦住你要房租。许多人为了给一个更大更奢侈的箱子付租金折腾得快死了，自然不会在这样一个小箱子里冻死。我可不是在说笑。经济是一门学科，一直为人轻视，但是经济是不能如此对待的。一个几乎在室外生活的粗鲁而结实的种族，曾经在这里修建过一座舒适的房子，差不多全是使用大自然送到手边的材料。马萨诸塞州殖民地的印第安人问题的监督古金，在一六七四年写道："他们最好的房子用树皮覆盖得非常整齐，紧凑而温暖，而那些树皮是在树液活跃的季节从树桩上脱下来的，在树皮是绿色

时利用沉重的木头压力把它们碾压成很大的板片……比较差一些的房子则是用一种灯心草编成的草席修造的，也很紧凑很暖和，只是没有前一种好……我见过的一些房子，六十或者一百英尺长，三十英尺宽……我经常住在他们的棚屋里，如同英国最好的房子一样暖和。"他还写道，房子里通常铺着绣花精美的草席，墙上也挂着绣花草席，各种各样的用具一应俱全。印第安人已经很不简单，在屋顶上吊起一个草席，用绳子操纵，调节通风情况。最值得注意的是，这样的棚屋一两天就能修建起来，几个小时就可以拆除掉；每家都有这样一所房子，或者在这样的棚屋里占用一个隔间。

在野蛮的状态中，每家都有一个住处，几乎算得上最好的东西，足以满足他们对家庭比较粗陋和比较简朴的需求；不过我认为我说这话是很有分寸的：既然空中的鸟儿也得有个窝，狐狸也得有个洞，那么在现代文明社会里，却有一半多的家庭没有住处。在大城镇里，尤其文明发达的大城镇里，拥有住处的人却是居民总数之中非常非常小的一部分。其余的居民却在为这件外面穿的大衣服支付一年一度的房租，冬天也好夏天也罢，房租一分都不能少，而这笔钱本可以买下一个村子的印第安人棚屋，年复一年的租房却让他们一辈子受穷，无法翻身。我在这里没有比较租房和买房之间优劣的意思，而只是说野蛮人拥有自己的房子是因为那种房子造价很低，而文明人普遍租房子住则是因为他们买不起自己的房子；从长远的角度看，就是租得起房子也没有更好的结果。

不过，有人会说，仅仅付这样一份租金就有房子居住，在野蛮人看来跟住官殿一样；一年的租金是二十五块到一百块，这是乡下的价格，却让他享受到了数个世纪不断改进的房舍，宽敞的房间，干净的油漆和墙纸，拉姆福德式壁炉，内层涂泥灰，软百叶窗帘，铜质抽水机，弹簧锁，宽敞的地下室，以及许多别的东西。可是，人们说享受这些东西的人通常是贫穷的文明人，而享受不到这些东西的野蛮人，却称得上野蛮人般的富有，这话到底是什么意思呢？如果这话是说文明是人类生活条件的真正改善，——我认为是这么回事，可惜只是聪明人改善了他们的有利条件——那么人们必须看到文明产生了更好的住房而无需更高的费用；一件东西的费用我称之为生命的支出部分，要求通过交换进行偿付，或者立即偿付或者长期偿付。这个居住区的普通房子造价也许是八百块钱，偿付这笔钱需要劳动者十到十五年的生命，还得没有家室的拖累——以每个劳动力每天一块钱的价格来计算，如果有人收入更多，那么别人的收入就会更少——因此一般说来他必须花费大半生的生命才挣得到"他的印第安人棚屋"。倘若我们假定他不买房而租房，那么也不过是一种值得怀疑的邪恶选择。野蛮人会明智地以这些条件为前提用他的棚屋换取一所官殿吗？

人们也许认为，我几乎把财产多多益善本是未雨绸缪的策略说得一无是处，仅就个人而言，不过是准备下了丧葬费用而已。不过，一个人也许用不着安葬自己。不管怎样，这

目前，我又是文明生活的匆匆过客了。

话还是澄清了文明人和野蛮人的重要区别；毫无疑问，他们为我们的利益千方百计地设计，把文明人的生活搞出来一套制度，个人生命在其中很大程度上被耗尽，目的却是保存文明种族，使文明种族臻于完善。可是，我却希望表明，为了这种好处我们目前已经付出了多少牺牲，表明我们可以这样生活，得到所有好处，而不必经历什么不利条件。你可以说穷人总是和你在一起，或者父辈们吃过了酸葡萄，孩子们牙齿还酸得痒痒，不过你这话是什么意思呢？

"主耶和华说，我活着时，你们在以色列不会有机会使用这种俗语了。"

"看吧，所有的灵魂都是我的；如同父亲的灵魂，儿子的灵魂也是我的——有罪的灵魂将会死掉。"

想一想我的邻居，康科德的农夫们，他们起码和其他阶级的人一样境遇不错，我却发现他们大部分人已经劳作了二十年、三十年或者四十年，为的是他们可以成为他们农场的真正主人，因为他们接受这些农场时通常带有各种负担，或者是靠借贷置办下的——我们不妨把他们三分之一的劳作看作他们房子的费用——但是他们一般没有把这笔钱还上。一点没错，那些负担有时超出了农场的价值，所以农场本身成了一个很大的负担，到头来总会找到一个人来继承它，这个人还会说，是和农场捆在一起了。在与评估员交流时，我吃惊地发现他们一下子说不出镇上十几个农场主是自由自在和没有债务的。倘若你要了解这些宅地的来龙去脉，得在银

行打听他们是在哪里抵押的。真正依靠在农场劳动偿还农场债务的人寥寥无几，每一个邻居都可以说出谁还清了债务。我怀疑康科德是否有两三个这样的人。关于商人的已有说法，证明一个非常大的多数，甚至百分之九十七的商人，肯定经商失败，与农场主的情况大同小异。然而，说到商人的具体情况，他们中间有人实事求是地说，他们的大部分失败不是真正的亏本生意，而只是没有及时偿付款项而导致的赔本，因为总是顾此失彼；也就是说，失败在于道德信誉出了问题。可是，这样一来，问题便变得不知糟糕到何种程度了，而且还表明或许那百分之三的人也不能成功地拯救他们的灵魂了，他们很可能在一种更加糟糕的意义上破产，连那诚实地失败的百分之九十七的人都不如了。破产和拒付债务是跳板，我们的文明借助这些跳板一溜跟斗往上翻腾，而野蛮人却依然站在饥饿这个没有弹性的板子上。然而，米德尔塞克斯牛赛让我们看到，那里年年五谷丰登，仿佛农业这架机器的各个关节活动自如。

农场主在想方设法通过比麻烦本身更加复杂的办法解决生计问题。为了得到自己的鞋带，他在牛群上做投资生意。依仗驾轻就熟的技巧，他使用头发丝般细的套索布下他的陷阱，捕捉舒适和独立，随后在他转身之际却让自己的腿伸进了陷阱。他贫穷的原因正在这里；由于相似的原因，相对于一千种野蛮人的舒适，我们都是贫穷的，尽管我们身陷各种奢侈享受之中。正如查普曼[1]在诗歌里写的：

人间多虚假，

世俗少伟大。

天上尽舒适，

稀薄如气体。


农人得到他的房子，却没因此变得更富有，反倒更贫穷了，连累他的恰恰是他的房子。就我理解的意思看，莫摩斯[1]对密涅瓦[2]建造的房子是极力反对的，理由也很正当；他说密涅瓦"没有把房子修成一座可以移动的，因为如果可以移动，坏邻居是可以躲开的"。这种反对意见仍然成立，因为我们的房子真的是很难利用，我们往往被关押在里面，而不是住在里面；需要躲开的坏邻居就是我们自己，卑鄙的"自己"。在这个镇上，我至少知道一两户人家，差不多一辈子都希望卖掉郊区的房子，搬到村子里去住，但就是不能如愿以偿，只有人死了才能摆脱他们的房子。

就算大多数人能够最终拥有或者租用所有改进得应有尽有的现代房子吧。文明一直在改进我们的房子，可是文明却没有把居住其中的人同样加以改进。文明创造了一座座宫殿，却没有轻而易举地创造出王公大臣和国王。倘若文明人的种种追求不比野蛮人的种种追求更有价值，倘若文明人付出大半生只是去获取粗劣的必需品，享受各种舒适，那么，为什么他应该比野蛮人拥有更好的住宅呢？

[1]　莫摩斯，古希腊神话中的嘲弄和指摘之神。

[2]　古罗马神话中的智慧女神。

但是，贫穷的少数人如何过活呢？也许人们会发现，从比例上讲，一些人享受的各种外部环境要是比野蛮人优越，那么另一些人的外部环境则会低于野蛮人的水平。一个阶级奢侈起来，另一个阶级必会受苦受穷。一边宫殿耸立，另一边便会是济贫院和"沉默受穷"。修建法老金字塔坟墓的百万劳工吃大蒜活着，到头来也许连一块说得过去的葬身之地都没有。石匠把宫殿修造得飞檐斗拱，夜晚回到家里也许连一间印第安人那样好的棚屋都睡不上。如若有人以为一个国家随处可见文明的存在，那么国民的大多数的居住情况无论如何不能和野蛮人的生活条件同日而语，这就大错特错了。我所指的还是牛马不如的穷人，现在并没有谈及堕落的富人。要了解这一点，我用不着瞭望更远的地方，只消看看我们的铁路旁边那些小木屋的情况，看看那些文明迟迟不肯降临的角落就足够了；我每天路过都会看到，人们就住在小窝棚里，整个冬季都大开着门，让阳光照进来，没有火堆取暖，只能在脑子里想象温暖，老年和青年的形体永远缩头缩脑，由于忍饥挨冻养成了长期萎缩的习惯，四肢和官能得不到正常发展。正视这个阶级当然是公正的，因为他们的劳动造就了许多业绩，在这个时代显得十分突出。这样的情况在英格兰每个主要领域的技工们身上，或多或少都看得出来，因为英格兰就是世界的一个特大济贫院。或者我不妨告诉你一些爱尔兰的情况，这块土地在地图上为白人所居住，或者说为文明人所居住。好好把爱尔兰人的身体状况和北美洲印第安人、

南海岛民或者任何别的因为没有和文明人接触而未退化的野蛮民族的身体状况比较一下吧。不过我毫不怀疑文明人的统治者和野蛮人的统治者是一样聪明的。爱尔兰人的身体状况只能说明文明包含了多少肮脏的东西。我现在都懒得说我们南方各州的劳工，这个国家的大量出口产品都是他们生产的，而他们自己却成了南方一种主要产品。不过，我还是不要把话扯远，集中说说那些在不好不坏的状况中生活的人吧。

多数人看起来都没有好好想一想房子到底是什么东西，本不该穷困却实际上一辈子潦倒，这只是因为他们一心想得到一座房子，和邻居攀比一下。仿佛一个人只能穿戴裁缝给他裁剪的外衣，或者，一步步远离了棕榈叶帽子或土拨鼠皮帽子，他就只有抱怨时代艰辛的份儿，因为他没钱给自己购置一顶皇冠！发明一座比我们居住的房子更加方便更加豪华的房子是可能的，但是所有的人都承认那种房子人们买不起呀。难道我们应该总是琢磨如何弄到这些东西，而不应该有时满足于少获取一些东西吗？那些受尊重的公民，如此一本正经地为人师表，言传身教，却告诉年轻人需要在老死之前就置办多少双多余的黑亮的皮鞋、雨伞和空闲的客房招待空闲的客人，这应该吗？我们的家具为什么不可以像阿拉伯人或者印度人的家具那样简单呢？我想到那些民族的救星，我们一贯把他们尊为天上派来的天使，给人类带来神圣的礼物，却怎么也看不到他们身后还紧跟着什么随员，看不到他们的满载时髦家具的车辆。或者，有人说我们在道德上和智

商上既然比阿拉伯人高出一筹，我们的家具就应该比他们的更加复杂，我要是听之任之，这不是一种奇怪的纵容吗？目前，我们的家里塞满了家具，被家具弄得脏乱不堪，一个好主妇只好把大量脏东西打扫进灰尘窟窿，不能把早上的活儿放在一边不管。早上的活儿啊！在奥罗拉[1]的朝霞里，在门农[2]的音乐里，这个世界上的人早上的活儿应该是什么呢？我的桌子上摆着三块石头，我惊讶地发现它们每天还需要我把灰尘清除一下，而我心里的家具还没有清除灰尘，于是我顿时感到厌恶，忍不住就把它们从窗户扔出去了。这么说来，我如何能够拥有一所带家具的房子呢？我宁愿待在空旷地里，因为灰尘不会落在野草上，除非人来践踏地面。

贪图奢侈，挥霍成性，正是这种人开了时尚之风，于是成群的人亦步亦趋地跟风乱跑。一个旅客在一所一所最好的房子前停下来，听人家说房子不同一般，很快发现的确如此，因为店主们劝说他做一个萨达那帕勒斯[3]，如果他接受了他们的好意，那他很快就会完全失去男子气概。我认为，我们在火车车厢里宁愿把钱花在奢侈上而不愿意把钱花在安全和方便上，结果危险重重，车厢成了现代客厅，摆着软睡椅和软睡榻，装饰了遮阳窗帘，还有上百种别的东方情调的东西，统统照搬到我们西方来享用，其实那是为天朝帝国的后宫妻妾和柔弱女子发明的，约拿单[4]若是听说了这些名字都会无地自容。我宁愿坐在一个南瓜上，厮守一个大南瓜，也不想争抢一个天鹅绒垫子。我宁愿坐拥一辆牛车，来去自由，

[1] 古罗马神话中的曙光女神。

[2] 埃及底比斯附近阿孟霍特普三世的巨大石雕像，每在日出前会发出竖琴声，170 年经罗马皇帝修复后不再发声。

[3] 传说中亚述人的末代国王，活动时期约公元前 700 年，穷奢极侈，骄气十足。

[4]《圣经》中人物，扫罗的儿子，大卫的朋友。

也不愿意乘坐一辆想入非非的游览列车飞向天堂，一路上呼吸着污浊的空气。

在蛮荒时代，人类生活简单而赤裸，在大自然中依然算得上一个匆匆过客，至少还看得出这样生活的好处。他吃饱喝足，恢复元气，以图重新上路。可以说，他居住在这个世上的帐篷里，或者跋涉峡谷，或者穿越平原，或者攀登山顶。可是，看吧！人们已经成为他们自己的工具了。那个肚子饿了便独立地摘下果子的人成了一个农人，而站在树下栖身的人则成为一个家庭主妇[1]。我们不再搭起帐篷过夜，而在大地上安家落户，把天堂忘在了脑后。我们信奉基督教，只是把它当作了改善农业的一种方法。我们为这个世界修建宅第，为另一个世界修造坟墓。最美好的艺术作品都是表现人类挣脱这种状况，为自身的自由而斗争，但是我们的艺术作用却是把这种低级的境遇营造得舒舒服服，而让更高的境界忘诸脑后。在这个村子里，实际上没有美术作品的立足之地，即便有什么作品已经传给我们，也会因为我们的生活、我们的房子和街道，没有合适的底座让它们安身。我们没有一枚钉子悬挂图画，没有框架装起英雄和圣人的雕像。我一想到我们的房子如何建造和如何付费或者根本付不起费，房子内部的经济又是如何对付和维持，就不禁会惴惴不安，担心客人赞赏壁炉上的小摆设时脚下的地板会坍塌，让他一下子掉到地下室，穿过世俗的地

[1] 指《圣经》中的亚当和夏娃。

基，落在某个坚实和诚实的地方。我不能不看到，这种所谓富有和文雅的生活是一种向上跳跃的东西，而我怎么也无法欣赏点缀其间的艺术，因为我的注意力全部被跳跃吸引住了；因为我记得仅仅由于人的肌肉可以促成的最了不起的真正跳跃，根据记录，是某些流浪的阿拉伯人完成的，据说他们能够跳离地面净高二十五英尺。没有人为的支持，人跳到这样的高度一定还会落回地面的。我因此忍不住首先要向拥有这样不合适的产业的业主提问的是，谁在支持你呢？你是九十七个失败者中间的一个，还是三个成功者中的一个？请回答我这些问题，然后我也许看一看你那些华而不实的玩意儿，也许可以发现它们的装饰价值。车子套在马的前面既不漂亮，也没有用处。我们用美丽的东西装饰我们的房子之前，房子的墙壁必须铲掉一层皮，我们的生命必须剥掉一层皮，美丽的家务管理和美丽的生活是必须打下的基础：现在，美的趣味大部分是在户外培育的，不需要房子，也不需要管家。

老约翰逊[1]，在他的《奇迹造就天意》一书中，讲到了这个城镇的第一批移民，他与他们是同时代人，让我们了解到"他们在山坡旁挖土掘洞，做他们自己最初的栖身之处，把土覆盖在木头上面，在最高的一侧依靠泥土生起烟火"。他还说，他们没有"为自己修造房子，需要等待土地，上苍保佑，给他们带来面包喂饱肚子"，可是第一年的收成偏偏不好，

[1]　约翰逊（Sir William Johnson），美洲的开拓者和土地拥有者。

"他们被迫在一个漫长季节里节衣缩食"。新尼特兰省[1]的秘书一六五〇年用荷兰语写下一些文字，给希望到那里占有土地的人提供资料，讲述了一些更特殊的内容：在新尼特兰的那些人，尤其是在新英格兰的人，一开始没有财力按照他们的意愿修建农场住房，只好在地上挖一个四方坑，像地窖的样子，六七英尺深，长和宽符合他们的意思就行，坑内用木头把所有墙壁护住，又用树皮或者别的代用品把木头挡上，不让泥土从缝隙进来；这种地窖的地上铺了木板，地窖顶用护壁板做成天花板，圆材屋顶陡直隆起，用树皮或者绿草皮把圆材覆盖，这样他们可以全家人在里面干爽而温暖地生活两三年或者四年，而且不难理解的是，这些地窖里需要隔出一些小隔间，隔间多寡由家庭大小决定。新英格兰富有的头面人物，在殖民地初创时期，居住在这样最早的房子里有以下两个原因：首先，不为修建住房浪费时间，造成下一季粮食不够吃；其次，不让他们从祖国招徕的大批穷苦劳动人民感到泄气。三四年之后，乡村变迁，适合农业生产，他们才为自己建造漂亮的房子，造价在几千元左右。

我们祖先采取的这一方针，起码表明是谨慎从事的，看起来他们的原则是满足更为迫切的需要。然而，现在，更为迫切的需要得到满足了吗？一想到为我自己弄一套奢侈的房子，我就畏葸不前，因为可以说这个国家还没有与人类文化

·
88
·

---

[1] 原荷兰殖民地的叫法，即今天的纽约州一带。

协调起来，我们依然被迫把我们的精神面包切得更薄，甚至比我们的祖先的精神食粮都差得很远。这并不是说所有建筑装饰在初创时期可以完全不当回事，而是说我们的房子最先装饰精美的部分应该和我们的生活密不可分，如同贝壳的内壁，而又不是铺设过多。可是，天哪！我去过一两处房子，见识了内部装修，总算见识了它们铺设得如何了得。

今天，我们没有必要大倒退，再去住窑洞，再去住棚屋，再去穿兽皮，我们接受种种有利条件当然是更可取的，因为它们来之不易，是人类的发明和工业发展的结果。在我现在这样的居住区里，木板、木瓦、石灰和青砖，比起可以居住的窑洞，要便宜得多，也更容易弄到；整根原木，大量的树皮，甚至高质量黏土和条石也都物美价廉。我讲这个问题切中要害，因为对此还算内行，有理论，也有实践。多少用一点智慧，我们便可以把这些材料利用起来，比现在那些个财大气粗的人更加富有，让我们的文明成为我们的福气。文明之人，就是更有经验、更有智慧的野人而已。不过，还是抓紧交代一下我自己的试验吧。

一八四五年三月接近尾声之际，我借了一把板斧，走向瓦尔登湖畔，停留在离我打算修建房子的最近的地点，着手砍伐一些高大的箭形白松树，树还年轻，好做木材。万事开头难，需要借贷，不过这也是最慷慨的方针呀，可以让你的同胞在你的事业里有利可图。板斧的主人在把斧子递给我时，

说那把斧子是他的眼珠子，不过我归还他时，斧子比我借到手时更加锋利了。我干活儿的地方是一处令人感到惬意的山坡，长满了松树，透过松树我可以窥见瓦尔登湖，而这里自成一片小空地，松树和山核桃树竞相生长，生气盎然。湖里的冰还没有融化，不过冰面上有几处化开的窟窿，全是黑黢黢的颜色，水汪汪的样子。我在那里干活儿的那些天里，天空飘洒过几次稀稀疏疏的雪花；不过在我回家的路上走出树林到了铁路上时，路过的大部分地方仍然是黄沙堆此起彼伏，在灰蒙蒙的大气中泛着光芒，铁轨在春日的阳光下十分耀眼，我听见云雀歌唱，山鹬呱呱啼叫，别的鸟儿也在鸣啭，它们已然来和我们一起迎接新的一年了。春日朗朗，欣欣向荣，人们苦苦难挨的冬天与冻土一起消融，蛰伏的生命开始伸展身子。一天，我的斧头从柄上脱下来，我把一棵绿油油的山核桃树树枝砍下来做楔子，用石头把楔子打进斧头眼儿里，然后把整个斧头泡进水里，让木头膨胀起来，这时我看见一条花蛇窜进了水中，潜伏在水底，丝毫没有憋气难喘的样子，我在那里待着的工夫它一直不换气儿，足足有一刻多钟；或许它还没有完全从蛰伏状态醒过来吧。我于是想到，出于同样的原因，人们也许还滞留在他们目前低级和原始的状态中吧，但是倘若他们感受到了春天无处不在，万物欣欣向荣，那么他们必然会更上一层楼，提升到更高级更精致的生命层上。我在小径上曾经看见好几条蛇在霜冻浓浓的早上，身体的一些部分仍然麻木呆钝，行动迟缓，等待太阳把它们照暖。

四月一日，天下起雨来，使冰层融化，在浓雾笼罩的前半天，我听到一只失群的孤雁在湖上来回翻飞，嘎嘎鸣叫，像是迷途了，或者如同浓雾中的精灵。

我这样连续干了一些日子，砍木，伐木，削立柱，截椽子，全凭我手中的窄窄的斧子，没有多少可以传播的文人忧天的思想，只是给自己唱唱歌儿——

都说自己见多识广；

果见自己生出翅膀——

艺术科学比翼飞翔，

千种器械多种多样；

风儿吹拂风儿鸣响，

我们大家习以为常。

我把主要木材砍截成六英寸见方，多数立柱只砍削两头，椽子和地板木料只砍一面，其余的树皮保留下来，这样一来它们和锯过的木料一样平直，却更为结实。由于这时我借到了别的工具，所以每一根木料都根据料口精心地开出榫眼，锯出榫头。我在树林里待的白天不是很长，不过通常我带着面包和黄油当午餐，中午时坐在我砍下的绿色松树枝上，阅读包裹面包和黄油的报纸，面包上沾的松香味清晰可辨，因为我的手上糊了一层厚厚的松脂。我把活儿干完时，我和松树结下情谊，而非敌意，尽管我砍伐了一些松树，却对松树

更加熟悉了。有时候，林中的游荡者被我砍木的声音吸引过来，隔着我砍下的碎木屑跟我愉快地闲聊一会儿。

转眼已是四月中旬，我干活儿不急不躁，只是尽量把活儿干好，我的房子刚刚搭成了架子，终于快耸立起来了。我已经买下了詹姆斯·科林斯的小木屋，打算利用木屋中的木板。他是一个爱尔兰人，在菲奇伯格铁路工作，他的小木屋被认为是一所不同一般的好房子。我前去看房子时他不在家。我在屋子外面四下走了走，起初没有对里面十分注意，窗户很深，很高。这所小木屋间架不大，尖屋顶，别的看不出什么特点，四周堆积着五英尺高的乱七八糟的东西，像一堆肥料。屋顶是最完好的部分，尽管不少地方翘了起来，已被太阳晒得易碎易折了。门槛没有了，不过门板下有一个常年畅通的通道，母鸡可以从下面出进。科林斯太太来到门前，要我到小木屋里去好好看看。我向木屋走去，母鸡们吓得往里跑去。木屋里一片黑暗，大部分地板都脏兮兮的，阴暗，潮湿，颤动，这里那里倒是有几块板子，却不能挪用他处了。她点上一盏灯，让我察看屋顶和墙壁的内部情况，也让我看了看延伸向床底的地板，提醒我别踩进地下室去，其实那只是一个两英尺深的落满灰尘的窨窨。用她自己的话说，房子的"屋顶是好好的木板，四面墙壁是好好的木板，还有一个好好的窗户"——其实只是两个方框，近来只有猫儿从这里出进。屋里有一个炉子，一张床，一个可以坐下的地方，一个出生在这里的婴儿，一把丝绸阳伞，一面金框镜子，一个新

颖的咖啡磨挂在橡木枝上，这些就是全部了。这桩买卖很快就有了结果，因为詹姆斯这时已经回来了。当天晚上，我应交付四块两毛五分钱，他则应该在第二天早上五点钟把木屋腾出来，其间不得卖给任何别人。六点钟，我住进木屋。越早来这里越好，他说，赶前不赶后，免得有人对地租和燃料眼红，提出含糊其辞、毫无道理的要求。他跟我保证说，这是唯一不方便之处。六点钟，我在路上碰到他和家人。那一大堆便是他们的全部家当——床、咖啡磨、镜子和母鸡——只有猫儿不在场，科林斯太太已经把它放进树林里，成了野猫，一如我后来听说的，那猫儿踩进了捕捉土拨鼠的夹子，最后成了一只死猫儿了。

同一天早晨，我动手拆这所木屋，拔出钉子，用小车把木屋拆下的东西搬运到了湖边，把木板散放在草地上，让太阳把它们晒白，恢复木板的原样。我在林中小路上驾车运输，一只早起的画眉冲我唱了几支小曲儿。我听到一个名字叫帕特立克的年轻人心怀叵测地说，邻居席莱，一个爱尔兰人，在装车的空隙里做手脚，钉子还挺好，不弯，可以再钉，他却装进了自己的口袋，连 U 形钉和墙头钉也不放过；我回去打发一天的时光，心无旁骛，涌动着春天的思绪，新奇地看着那个废墟一样的场景，这时他就在一旁站着，没话找话地说：没多少活儿可做嘛。他在那里代表着一大群人看景儿，使得这种似乎微不足道的事情倒像是特洛伊城的众神在大撤离。

我在向南倾斜的山坡挖掘我的地窖，一只土拨鼠过去曾

在这里挖过洞；顺着洞向下是漆树和黑莓的根，我一直挖到植物几乎没有痕迹的地方，扩充成六英尺见方七英尺见深的一个坑，一片优良的沙土，不管什么冬季，土豆储存在这里不会冻坏了。地窖壁留有倾斜度，没有用石头砌上；但是太阳照不到地窖壁，沙土没有松散。这活儿干了两个小时。这种挖土掘洞的活儿我干得特别快活，因为在差不多所有的纬度上，人们挖土入洞都会得到同样的温度。在城市里，豪宅里仍然可以找到地窖，人们用来储存萝卜土豆什么的，如同古人那样，而且在上层建筑消失之后，后人还能发现它留在黄土里的痕迹。房子只是一种门廊，通向一个地洞而已。

最后，五月初，我的一些熟人你帮一把我帮一把，未必十分需要，却是联络邻里关系的好机会，我就这样把我房子的架子搭起来了。就建房工人的性质而言，我是更荣幸的。我相信，有一天，他们注定会帮助搭建更高的建筑物。七月四日，我便开始搬进我的房子了，四壁装上木板不久，屋顶刚刚完工，木板边缝镶得十分用心，层层紧叠，近乎完美，任凭风雨侵蚀都不会有事。在镶嵌木板之前，我已经在房子的一端砌下一个烟囱的底座，用我的两条胳膊从湖边往山上搬运了两车多石头。秋天锄过庄稼后，我修建烟囱，力争赶在需要生火取暖之前，因为过去我早上起来是在室外的地上做饭的：这种方式我依然认为在某些方面更加方便，更加合意，比通常的方式更好。赶上我的面包烤好之前起风下雨，我便在火上架起几块木板遮挡，在木板下看着我的面包，就

这样度过一些惬意的时光。在那些日子里，我手头的活儿多，阅读很少，不过但凡在地上——我的依托之物——看见报纸碎片或者桌布，都会给我带来无限的欢乐，实际和阅读《伊利亚特》的目的不差上下。

我修房造屋已经够用心了，不过更加用心一些也许是合算的，比如，一扇门，一个窗户，一个地下室，一间阁楼，在人性中占有什么基础，是要想一想的，而且也许在我们找到更好的理由取代我们目前的种种需要之前，是永远不会修建什么上层建筑了。一个人建造自己的房子和一只飞鸟筑窝是同样合适的。倘若人们都用自己的双手建造他们自己的住处，简单而诚实地养活自己，养活家庭，那么诗意的才能也许会得到广泛发展，如同鸟儿该唱歌时百鸟齐鸣一样，谁知道呢？可是，天哪，我们都喜欢牛鹂和杜鹃，它们把自己的蛋下在别的鸟儿筑的窝里，叽叽喳喳，好不刺耳，让路人听了毫无兴致。我们应该永远把建筑的快乐拱手让给木匠吗？在众多的人生经历中建筑占有什么地位呢？我走了这么多路，还从来没有碰上谁在从事修建自己的房子这样简单而自然的工作呢。我们都属于社会团体。一个人的九分之一不仅仅是做裁缝的；还有传教士、商人和农人，也一样可以做的。这种分工分到哪里是一个头？分到最后会有什么结果？毫无疑问，另一个人也可以代替我思想吧；不过如果他思想是为了不让我思想，那就多此一举了。

没错，这个国家有所谓的建筑师，起码我听说过一个建筑师有一种想法，要让建筑装饰具备真理的核心，一种必要性，因此产生一种美，仿佛这是一种神灵的启示。从他的观点看来，一切无可挑剔，但是比起一般的艺术爱好者他也只不过强了一点点。一个建筑上的多愁善感的改革家，他从飞檐上下手，没有从根基上解决问题。他所主张的只是如何把真理的核心放入各种装饰里，好比每块糖里实际上有一颗杏仁或者一颗葛缕子——不过我认为不用糖包裹的杏仁倒是最受人欢迎——他没有想一想居住人，就是在里面生活的人，可以把里面和外面都修建得真正实用，让装饰管好自己就行了。但凡有些理性的人都会把装饰当作表面的东西，只是皮毛上的事情——好比乌龟得到了斑点外壳，贝壳动物得到了珠母的光泽，这不等于百老汇的居民和他们的三一教堂签订一份合同吗？不过，一个人与他的房子的风格没有什么太大关系，如同乌龟与它的硬壳没有多大关系一样；一个士兵闲得无聊也用不着把武夫之勇的确切颜色涂抹在他的旗帜上。敌人会发现他的勇气到底怎么样的。到了冲锋陷阵的时候，他也许脸色灰白了。在我看来，这个建筑师只是从飞檐探下头来，小心翼翼地向那些粗鲁的居住者嘀咕半真半假的真理，因为他们比他知道得更清楚。我现在看见的建筑学上的美，我知道是从内部逐渐向外部生长出来的，是由居住者的各种需要和性格培养出来的，因为只有居住者才是房子的唯一建筑师——美来自某些无意识的真实，无意识的高贵，

从来没有在外表上多费脑子；这种注定产生的伴随而来的美，将会由生命的无意识之美来引导。这个国家最具趣味的住宅，一如那位画家知道的，是普通穷人的木屋和农舍，没有一点虚饰，只是一种谦卑本色；这些木屋和农舍如诗如画，外表不同一般固然是一种因素，而居住在外壳一样的房子里面的人的生活则更显重要；同样具有趣味的还有市民的郊区箱子一样的房子，居民生活简单而宜人，怎么想象都不过分，而且居住方式丝毫不是为了外观而外观。大部分建筑上的装饰是全然空洞的，一场九月的大风就会把它们一扫而光，如同吹掉借来的羽毛[1]，不会对实质性的东西有什么损害。只要无须在地窖里储存橄榄和葡萄酒，人们不懂建筑艺术也可以对付着过下去。如果在文学里也同样不遗余力地追求装饰风格，那会是什么情景？如果我们的经文的建筑师花费大量时间忙着对付飞檐，就像我们的教堂的建筑师一样，那又会是什么情景呢？纯文学和艺术学以及它们的教授就是这么造就出来的。的确，几根棍子究竟如何斜搭在他的头上或者脚下，他的箱子状房子涂上什么颜色，人类是很操心的。如果实打实地讲，人把那些棍子斜搭起来，涂上颜色，是会有一定说法的；但是精神一旦离开肉体，它也就是一种打造自己的棺材的同等材料了——即坟墓的建筑师；而"木匠"不过是"做棺材的人"的另一种叫法而已。有人说，对生活感到绝望和冷

[1] 喻指不属于本人的荣誉之意。

漠时，你不妨从脚下抓起一把黄土，把你的房子涂成黄土的颜色。他想到他那所最终的狭窄房子了吗？抛起一枚铜币试一试你的运气吧。他一定会有大量闲暇时间！为什么你抓起来一把泥土？还不如把你的房子涂成你自己的脸色呢；让他为你感到苍白或者害羞。一种改进村舍建筑风格的事业！等你把我的装饰弄好了，我会让它们派上用场的。

冬天到来之前，我把烟囱砌成，并且把房子那已经挡不住雨水的侧面用原木上弄下来的第一层木片挡上，木片很不规则，树汁多，我需要用刨子把它们的边口刨平。

这样，我便拥有了一所木板严实、泥灰厚抹的房子了，十英尺宽，十五英尺长，八英尺高的柱子，一个小阁楼，一个小套间，每一侧各有一面大窗户，两个活动天窗，房子顶头一个门，与门相对的是一个砖砌壁炉。我的房子的确切费用，就是我所使用的所有材料的一般价格，不算我自己所干的全部活儿的成本，见下面开列的清单；我所以把清单开列得非常仔细，是因为很少有几个人说得出自己的房子究竟花费了多少钱，而且即使极少数的人还知道造价，也很难把造价的各种费用说得清楚：

| 木板 | 8.035 块 |
| --- | --- |
| | 多数是棚屋的旧木板 |
| 屋顶与侧面使用的旧墙板 | 4.00 块 |
| 木板条 | 1.25 块 |

| | | |
|---|---|---|
| 二手玻璃窗户 | 2.43 块 | |
| 一千块旧砖 | 4.00 块 | |
| 两木桶石灰 | 2.40 块 | 买贵了 |
| 头发 | 0.31 块 | 买多了 |
| 壁炉架铁 | 0.14 块 | |
| 钉子 | 3.90 块 | |
| 铰链和螺丝钉 | 0.14 块 | |
| 门闩 | 0.10 块 | |
| 粉笔 | 0.01 块 | |
| 搬运费 | 1.40 块 | |
| | 我自己背了许多 | |
| 总计 | 28.115 块 | |

上述便是所有的修房材料，不过木料、石头和沙子不包括在内，因为这几样材料是我按照政府公地上定居者的权利弄到的。我还搭建了一个连墙的小木屋，主要是利用建筑房子剩下的材料搭成的。

我打算修建一座房子，在康科德的那条大街上数一数二，既壮丽又奢华，无与伦比，正如我所喜欢的那种程度，而且造价还不会超过我目前这所房子的成本。

这样一来，我发现大学生要是希望得到一个住处，他只需付出现在每年房租的费用，便可以获得一所他终生享用的房子。如果我的话像在夸大其词，不符合实情，那么我的理由

是：我在为人类说大话，而非为自己，而且我的缺点和自相矛盾并不会影响我的结论的真实性。尽管许多话言不由衷，难免虚伪——我知道糠皮很难从我这粒麦子上分离下来，我如同任何人一样为此感到遗憾——但是在这方面我出气痛快，说得理直气壮，无论在道德上还是在肉体上都深感快慰；我决意在今后不低三下四地做魔鬼的代理人。我将千方百计为真理说尽好话。在剑桥学院，学生的房间仅比我自己那个木屋大一点点，可是租金每年高达三十块[1]，但是那家建筑公司占得先机，修建了三十二间屋子，墙连着墙，只有一个屋顶，居住者多有不便，苦不堪言，邻里嘈杂，也许还得去住四层楼。我不禁想到，倘若我们在这方面具备更多的真正的智慧，不仅因为受教育的人已经受到了许多教育，因此不需要很多教育，而且受教育的开支也会大幅度消失。学生在剑桥或者别的学校出于要求而得到的种种方便，让学生或者学生的亲属牺牲了十倍生命，可是如果双方处理得当，便可以省下十倍生命啊。最费钱的东西从来就不是学生最需要的东西。比如，学费是一学期账目上的重要一项，可是与同时代人中最有教养的人来往，从而得到更加有价值的教育，则根本不需要学费[2]。通常，建立一所学校的方式，是募捐来大钱和小钱，然后盲目地效仿分工的原则，走极端——一种要是不倍加小心便永远不可效仿的原则；

[1] 应指哈佛大学的剑桥学院，当时的三十美元是一笔不小的费用。

[2] 这应当是梭罗的经历之谈，因他和爱默生就是这种关系。

根据这些原则弄来一个把这种事情当作投机生意做的承包商，他于是雇用了一个爱尔兰人或者别的技工，让他们来打地基，而来校上学的学生据说要让自己适应这里的一切；为了这些不明智的东西，一代又一代的人不得不掏钱受教育。我认为，为了学生，也为了那些渴望从教育中受益的人，他们自己动手打基础会更好一些。那种得到了他所觊觎的闲暇和休息的学生，他有计划有步骤地躲避对人类有益无害的劳动，贪图一种卑鄙而无益的空闲，自欺欺人，失去了唯一可以让闲暇时间富有成果的经历。"但是，"有人说，"你的意思不是说学生应该用双手干活儿，而不用脑子去学习吧？"我确实也不是这个意思，我的意思是学生可以多动动脑子；我的意思是他们不应该游戏人生，或者仅仅研究生活，同时还要社团在这场昂贵的游戏中养活他们，他们自始至终应该认真地善待人生。青年人只有随时努力尝试生活，才能更好地学习生活，不是吗？我想，这样才能像学习数学那样锻炼他们的心智。比如说，倘若我希望一个男孩对艺术和科学有所了解，我是不会遵循常规的，因为这只会把他送到附近某个教授那里，在那里什么都教，什么都学，就是不把生活艺术当回事儿——从望远镜和显微镜下观察世界，却从来不用他与生俱来的眼睛看世界；虽然学习化学，却弄不懂面包是如何烤制的，也不了解有什么工艺，更不去了解面包是如何挣来的。虽然发现了海王星的多颗新卫星，却没有发现自己眼睛里的微小尘屑，或者自己充当了什么流浪习性的卫星；或者在一滴酸醋里观察各种怪物时，却被周围的怪物

吞噬了。一个男孩如果掘出铁矿石，开炉熔化，需要时就从书里寻找有关知识，终于做出了一把折刀，而另一个男孩在大学里听关于冶金的讲座的同时收到了他父亲给他的一把罗杰斯牌折刀，一个月之后这两个男孩谁进步最快呢？哪个男孩最有可能把手指划破呢？……我感到吃惊的是，我即将离开大学时被告知我已经学习过航海了！——嗨，倘若我到海港去转一圈儿，我一下子就能学到更多关于航海的东西。即使可怜的大学生学习政治经济并且只是被教授了政治经济，而与哲学是同义词的生活经济也很难说在我们学院认真地教授过了。结果是，当他在学习亚当·斯密、李嘉图和萨伊[1]的政治经济学时，父亲却因此陷入了不可摆脱的债务之中。

　　如同我们的大专院校，进行了一百多项"现代化的改进措施"，由此它们便具有了一种幻象，实际并不总是有积极的进展。魔鬼继续索取他的利滚利，因为他很早就投了股，后来不断进行大额投资，盯着最后的利益。我们的多种发明惯常是一些漂亮的玩具，吸引我们的注意力，忽视了许多正经的事情。它们只是一些改进的工具，为了一个没有改进的终极，一个已经达到而且容易达到的终极，恰如通向波士顿或者纽约的铁路。我们急不可待地建筑了一条磁力电报线路，从缅因州直达得克萨斯州，可是缅因州和得克萨斯州之间也许根本没有什么重要的东西需要交流。这种情况好比一个男

---

[1]　萨伊（Jean Baptiste Say），法国庸俗政治经济学的代表。

人，满腔热情地让人引荐给一个著名的聋贵妇，可是等他到了现场，贵妇的助听器一端放进了他的手里，他却无话可说。这种现象仿佛主要目标是赶快把话说出来，而不是有一说一地把事情说清楚。我们急于在大西洋底下打通隧道，让旧世界向新世界靠近几个星期，但是最先传入那只肥厚耷拉的美国耳朵的消息，却是阿黛莱德公主患了百日咳。不管怎么说，骑着马一分钟奔跑一英里的人，不会带来最重要的消息；他不是一个福音教徒，骑马到处奔跑用不着吃蝗虫和野蜂蜜。飞童[1]是不是会带着一粒谷子到磨房去，我当然表示怀疑。

　　有人对我说："我不明白你为什么不存下一些钱；你喜欢旅行；你可以坐上汽车今天就到菲奇伯格去，看一看这个国家。"可是我的想法比这种说法更明智。我已经了解到，最快的旅行者是依靠两只脚走路的人。我对我的朋友说，我们不妨比一比，看看谁先到那里。这段距离是三十英里；车费是九毛钱。这几乎是一天的工资了。我记得，劳工们在这条路上修路是一天六毛钱。哦，我现在开始步行，天黑前就赶到那里了；我一个星期以来就是以这个速度旅行的。这个时候你是在挣你的车费，然后明天某个时间到达，或者今天晚上也可能到达，如果你运气上佳，及时找到工作的话。其实你并没去菲奇伯格，而是这天的绝大部分时间都在这里干活。所以，即使这条铁路绕全世界一周，我想我应该保持在你的

118
·

[1]　当时英国一匹有名的赛马。

前面；至于看看这个国家，获得这种经历，那我与你的交往应该一刀两断算了。

这样的看法是普遍的法则，没有哪个人能比这想得更周到，而且说到铁路，我们甚至可以说它有多宽就有多长。要修建一条绕全世界一周的铁路，全人类都可以乘坐，那就要把这个星球表面全都铺遍了。人们有一种模糊的观念，以为只要他们把木石和铲子交替使用，一直进行这种活动，天长日久，最后可以乘车到达任何地方，几乎费不了多少时间，费不了多少钱；但是成群的人涌向火车站，乘务员高喊"统统上车"，这时火车的黑烟向后散去，蒸汽一团团喷出，人们才看清楚寥寥数人坐上了火车，其余的人被火车呼啸碾过——这将会被称为而且也确实是"一次郁闷的事故"。毫无疑问，谁挣得到自己的车费，谁才可以把火车坐到最后，也就是说，如果他们活个大岁数的话，可是话说回来他们到时候也许早就没有了爽朗的心情和旅行的欲望。浪掷一个人生命中最美好的时光，挣钱去享受生命最不宝贵的部分的那点有争议的自由，这种消耗让我想起英国人最先去印度发财，为的只是他可以返回英国，过一种诗人的生活。写诗他应该马上到阁楼去。"什么呀！"一百多万爱尔兰人从他们修建在地上的窝棚里惊呼道。"我们修建的这条铁路难道不是一种好东西吗？"是好东西，我回答说，相对而言是好东西，也就是说，你们可能干得更糟呢；不过，你们作为我的好兄弟，我希望你们能把时间更好地打发掉，别干这种挖脏土的活儿。

建成我的房子之前，我希望通过一种诚实的惬意的方式，挣到十到十二块钱，应付我的额外开支，于是我在房子附近种植了两英亩半沙质薄地，主要种蚕豆，也种了小片的土豆，还有玉米、豌豆和萝卜。我总共占用了十一英亩土地，大多数种植了松树和山核桃树，上一季一英亩卖出了八块零八分钱。一位农场主说，这地界"没有什么大用处，只能养几只唧唧叫唤的松鼠"。我们没有给这片土地施任何肥料，因为我不是主人，也不指望再耕种多少地，基本上没有全部锄过一遍。我在犁地时挖出了几堆树桩，供我燃火用了好长时间，于是留下了几圈松软肥沃的处女地，那里夏天长出的更为茂盛的蚕豆格外引人注目。我房子后面那些枯木和卖不掉的木头以及湖上漂来的木头，补足了我不够用的燃料。我不得已花钱租了一组马匹犁地，雇一个人帮忙，不过我自己亲自扶犁。在第一个季度，我的农场开支，比如农具、种子和用工等等，是十四块七毛二分钱。玉米种子是人家送给我的。这项开支少而又少，不值一提，除非你用种子过多。我收获了十二蒲式耳[1]蚕豆，十八蒲式耳土豆，还有一些豌豆和甜玉米。黄玉米和萝卜种得太晚，一无所获。农场的全部收入是：

---

[1] 容量单位，在英国为36.238升，在美国为35.238升。

|           | 23.44 块 |
| --------- | -------- |
| 减去支出费用 | 14.72 块 |
| 还剩      | 8.72 块  |

　　除了消费掉的农产品，当时我手头的这份估算单价值四块五毛钱——手头的这笔钱用来购买我没有种植的一点龙须菜绰绰有余。所有的事情都考虑到，就是说，考虑人的灵魂和今天的重要性，尽管我的试验占用了很短的时间，不，正是因为时间短暂，我相信，比起康科德的任何一个农场主，当年这笔收入是强出许多的。

　　第二年，我做得更好，因为我把得到的所有土地全部翻了一遍，大约三分之一英亩。丝毫没有被许多关于耕作的著名书籍吓住，包括亚瑟·杨格[1]的著作，我从两年的经验里认识到，倘若一个人简朴地生活，只吃他种植的粮食，而且吃多少种多少，不用粮食去交换没完没了的奢侈品和昂贵东西，那么他只需要耕种几十平方码的土地就足够了。这么点土地也用不着牛来犁地，用锹翻地更便宜，每次更换一块新的土地，省得给旧地施肥，所有必要的农活儿做起来易如反掌，在夏天偷空就把活儿干完了。这样一来，他也不会被一头公牛、一匹马、一头母牛或者一只猪拴住，像当今之日的农人那样。我希望在这个问题上讲话不带偏见，因为成功也好失败也罢，

---

[1]　杨格（Arthur Young），英国农牧学家，写过许多关于农耕的作品。

我对目前经济和社会的各种措施不感兴趣。我比康科德的任何农人都更加独立，因为我没有固定在哪所房子里或者农场上，只是随着我的天分行事，而天分可是一会儿一个样子呢。我的日子已经比他们过得好许多，倘若我的房子着火了或者我的庄稼年景不好，我还可以像以前一样过得不错。

我惯常想，人是牛的守护者还是牛是人的守护者，还真说不清楚，不过农人享有更多自由。人与牛交换劳动。但是倘若我们只是考虑必不可少的活儿，牛看起来是很有优势的，它们占的农场要大得多。人做的部分交换活儿是在六个星期里打干草，这活儿可不是孩子们玩耍。当然，没有哪个在各方面都生活得简单朴素的民族，就是说，没有哪个哲学家组成的国家会犯如此大的错误，利用动物的劳动。确实，世界上也从来不曾有过而且也不可能马上出现一个由哲学家组成的国家，而且我可以肯定也不需要有这样一个国家。然而，我永远不会驯养出一匹马或者一头牛，让它拉套为我干任何它可以干的活儿，因为我担心我会成为一介马夫或者牧人；倘若社会这样做好像就成了受益者，那么一个人的所得不就成了另一个人的所失了吗？马夫能否与主子享有同等满意的理由呢？假定一些公共活儿没有牛马的援助便没法建设，并且让人与牛马一起分享这样的光荣，那么可以顺理成章地说他在这种情况下把活儿干完，还能更好地体现他自身的价值吗？有了牛马的援助，人们开始干活儿，不仅毫无必要或者毫无艺术感，而且又奢侈又悠闲，少数人与牛马交换活儿便

是不可避免的了，或者换句话说，少数人便成了最强者的奴隶了。这样一来，人不仅给他内心的畜生干活，而且为了一种象征，还给他身外的畜生干活儿。尽管我们拥有了许多砖砌石垒的房子，但是农人的兴旺发达仍然是看牲口圈有多么大，比他住的房子多出多少。据说这个镇为耕牛、奶牛和马匹准备的房子最大，比镇上的各栋公共建筑毫不逊色。但是，这个县里供自由礼拜和自由讲话的大堂却根本没有。为什么国家不应该想方设法利用建筑物为自己树碑立传？为什么不用抽象思维的力量树碑立传？东方的全部遗址也没有《对话录》[1]更令人动心啊！城楼和庙宇是帝王的奢华。一个单纯的独立的心胸不会屈从任何帝王的圣旨去做苦工。天才不会成为任何皇帝的侍从，也不会变出多少物质如金子银子或者大理石，除非只有微小的程度。请问，打造这么多的石头到底为了什么？我在阿卡利亚[2]的时候，没有看见有谁打造石头。各民族都热衷于利令智昏的雄心，一心想通过留下大量打造的石头让自己万世流芳。倘若付出同样的劳作来打磨他们的形容举止，那会是什么情景？一种良好的理智要比一座与月亮试比高低的丰碑更令人难忘。我宁愿石头在什么地方就待在什么地方。底比斯[3]的宏伟是一种庸俗的宏伟。一道拦起诚实主人的田地的石头墙显然明智得多，是一座百道城门的底比斯城无法比拟的，因为后者远离了人生的真正终极。那种野蛮的异教徒的宗教和文明修建了许多壮丽的寺庙；而你所谓的基督教却没有修建什么。一个民族锤凿下来的石头，

[1] 指印度古代叙事诗《摩诃婆罗多》中部分对话内容。

[2] 古希腊一地区，在诗中喻指简朴的田园生活。

[3] 埃及尼罗河畔的古城，以石雕闻名，系世界著名古迹之一。

大多数都用在了坟墓上。它活埋了它自己。至于金字塔，它们本身算不上什么奇迹，奇迹在于成千上万的人竟然可以如此忍辱负重，虚掷他们的生命，为某个狂妄自大的笨蛋建造坟墓，可这种笨蛋还不如在尼罗河里淹死，随后把他的尸首喂狗，倒显得更为理智更有几分人样。我可以为他们和他发明某种借口，可是我没有这闲工夫。至于那些建筑者的宗教和对艺术的热爱，全世界都是一样的，不管建筑物是埃及庙宇还是美国银行。建筑物的费用远远大于它的用途。原动力就是虚荣，对大蒜、面包和黄油的热爱则推波助澜。巴尔科姆先生，一位前程看好的年轻建筑师，在维特鲁威[1]身后亦步亦趋，用硬铅笔和尺子设计图样，这项工程就交给石匠起家的道森父子公司去做了。三十个世纪开始俯视它时，人类才开始仰视它。说到你们那些高高的城楼和碑石，这个镇上曾有一个神经兮兮的家伙，挖掘一条通往中国的隧道，一如他说过的，挖了很远很远，他都听见了中国锅和壶哗哗的开水的声音了；可是我认为，我不会违反我的方式去赞赏他挖的那个窟窿。许多人都对东方和西方的历史遗迹念念不忘——一心要弄清楚是谁建造它们的。而在我这厢，却一心想知道那时候有谁没有建造它们——有谁对这些区区琐碎不屑一顾。不过，还是回头说说我的各项统计吧。

当时，我在村里进行测量，做木工活儿，以及各种各样别的杂活儿，我能干的行业可用我的手指数量来计算，挣到了十三元三毛四分钱。八个月的伙食费用，即从七月四日到

[1] 维特鲁威（Marcus Vitruvius Pollio，公元前 I 世纪），古罗马建筑师，
所著《建筑十书》对文艺复兴时期、巴罗克以及新古典主义时期均产
生了影响。

来年三月一日，这些估算就是根据这八个月的时间进行的，尽管我在那里生活了两年——不算土豆，不算为数很少的绿玉米和豌豆——这些是我种植的，也没有考虑最后这天留在手上的存货的价值，具体账目是：

| | | |
|---|---|---|
| 大米 | 1.735 块 | |
| 糖蜜 | 1.73 块 | 最便宜的糖质 |
| 黑麦粉 | 1.0475 块 | |
| 印第安粗米粉 | 0.99 块 | 比黑麦便宜 |
| 猪肉 | 0.22 块 | |
| 面粉 | 0.88 块 | 比印第安粗面粉贵，也费事 |
| 糖 | 0.80 块 | |
| 猪油 | 0.65 块 | |
| 苹果 | 0.25 块 | |
| 苹果干 | 0.22 块 | 所有试验均告失败 |
| 红薯 | 0.10 块 | |
| 一个南瓜 | 0.06 块 | |
| 一个西瓜 | 0.02 块 | |
| 盐 | 0.03 块 | |

是的，我真的一共吃了八块七毛四分钱；不过我不应该这样厚着脸皮公布我的罪过，倘若我不知道我的多数读者与我自己一样有罪，他们的行为写出来比我的好不到哪里去。

第二年，我有时捕鱼代餐，有一次我还狠心杀了一只糟蹋我的蚕豆地的土拨鼠呢——试一试它的转世效果，如同鞑靼人说的——我吞噬了它，部分纯粹是出于试验；不过尽管它让我得到了瞬间的享受，另有一番麝香味道，但是我看出来没完没了地吃这种东西是不可取的，哪怕你请来村里的屠宰手把你的土拨鼠开膛破肚也要不得。

在同一时期，穿衣和其他用度，尽管没有多少样数，花钱却有：

8.4075 块

油和一些家庭用具　　2.00 块

这是所有的金钱方面的支出，不包括洗衣和缝补，多数活儿都是在外面请人代做的，他们的账单还没有送回来——而且这些费用都是这样花掉的，即使有出入也差不到哪里，世界上这方面必须花去的钱就得这样花——分别是：

| | |
|---|---|
| 房子 | 28.115 块 |
| 农场一年的费用 | 14.72 块 |
| 八个月的食物 | 8.74 块 |
| 穿衣及其他，八个月 | 8.4075 块 |
| 油及其他，八个月 | 2.00 块 |
| 总共 | 61. 9975 块 |

现在我对那些不得不谋生的读者说几句话，为了支付这笔费用，我卖掉了农产品，收入是：

|  |  |
|---|---|
|  | **23.44 块** |
| **打散工挣得** | **13.34 块** |
| **共计** | **36.78 块** |

从支出的钱数里减去上面这笔钱，剩下二十五元两毛一分又四分之三——这与我开始启用的资金相差无几，是准备花掉的启动金，这是一方面；另一方面，除了这样得到的闲暇、独立和健康，还得到了一座舒服的房子，只要我愿意住，尽管住下去。

这些统计资料，不管它们看上去多么具有偶然性，因此多么没有教育意义，但是由于它们具有一定的完整性，也就有了一定的价值。凡是我得到的东西，都归纳到账上了。从上面估计的情况看，仅食物一项，一星期就花掉我两毛七分钱。此后近两年里，食物就是黑麦和没有发酵的印第安粗米粉、土豆、大米、非常少的咸肉、糖蜜和盐，我的饮料是水。我靠吃大米活着是合适的，主要靠大米，因为我对印度哲学钟爱有加。为了应付一些专爱吹毛求疵的人的各种反对，我还要同时声明，倘若我偶尔在外面用餐，一如我过去总在外面用餐那样，我相信我以后还有许多机会出去吃饭，但结果

往往对我的家庭安排有害无益。不过在外面用餐，如我说过的，是一种常有的因素，对于像这样的比较性陈述，几乎不会有什么影响。

我从两年的经历中领会到，即使在这个纬度上，获得一个人必需的食物也不费什么麻烦，方便得令人难以置信；一个人可以像动物一样饮食简单，但却保持健康和力量。我做出过一顿令人满意的正餐，各方面都令人满意，用料却只是一盘马齿苋（拉丁文为 Portulaca oleracea），是我在我的玉米地里采集的，开水煮过，放盐。我把它的拉丁文名字写在括号里，是因为这个俗名就有味道。请问，在和平时期，在平常的中午时分，煮上足够数量的甜嫩玉米，加上盐，一个有理智的人得到这样的鲜餐，还要求什么呢？即便我多少变出些花样，那也只是屈从于胃口的要求，并非为了健康。但是，人们免不了面临这样一种境遇，那便是经常挨饿不是因为缺少必需品，而是因为没有奢侈品；我认识一个好女人，她认为儿子失去生命是因为他只喝清水的缘故。

读者会看出来，我对待这个问题出于经济的观点，而非美食的观点。读者不会冒险拿我的节食法做试验，除非他是一个一身赘肉的主儿。

一开始，我用一色的印第安粗米粉做面包，真正的锄头玉米饼，我在室外的火边把它们放在一片木瓦上或者一根修建我的房子时锯下来的木棍上进行烘烤；但是十之八九会把它们烤得满是黑烟，而且还会烤得有一股松树味儿。我也试过面

粉，不过我最后发现黑麦和印第安粗米粉掺和在一起烘烤最方便，最可口。天冷的时候，一个接一个烘烤几个这种小面包别有一番情趣，用心用意地把它们翻来翻去，像埃及人孵化小鸡一样。它们是我收获的真正谷物果实，让我各种感官都享受到了一种芳香，如同别的珍贵的果实一样，我用布把它们包裹起来，尽量保存得长久一些。我下了一番功夫，琢磨古人必不可少的烘烤面包的技术，向打听得到的权威人士讨教，一直探究到原始时期，第一个不发酵的面包的发明，那时从野果和野生肉，人们首先达到了面包这种食物的温和和文雅水准。随后我一个阶段接一个阶段往下研究，找到了那个偶然间发酵的面团，据说就是那团发面教会了人们发酵的过程，并且此后经历了各种各样的发酵效果，我终于看到了"优良、甘甜和有益健康的面包"，这生命的材料。发酵，有人把它尊为面包的灵魂，填充细胞组织的精神，像女灶神维斯太的火一样被虔诚地保存下来——我猜测一些装满酵母的珍贵瓶子是"五月花"号首先带来的，为美国做了这件大事情，其影响仍然在上升，膨胀，传播，在这片土地上形成了粮食的滚滚波涛——这酵母种子我从村中正式而忠诚地弄到手，直到后来一天早晨我忘记了规矩，用开水烫死了我的酵母；出了这个事故，我倒发现连酵母都是可有可无的东西——因为我的发现不是笼统的过程，而是分析的过程——我此后愉快地取消了它，不过大多数主女妇诚心诚意地告诉我，没有酵母便不会做出安全而有益健康的面包；上年纪的人则说我的体力会很快丧失的。可是，我发现酵

　　我过去从来没有感到孤独，
也丝毫没有被孤单的感觉压迫过。

母不是一种基本的成分，没有酵母我过了一年，仍然待在这块充满活力的土地上。我很高兴摆脱了琐碎小事，不必把瓶子装在口袋里，一不小心就打碎瓶子，撒掉瓶子里的东西，让人感到十分扫兴。省掉了酵母更省心，更潇洒。人也是动物，比起别的动物，更能适应所有的气候和环境。我也没有往面包里放盐，放苏打，或者其他酸性的和碱性的东西。我做面包好像是根据马库斯·波休斯·加图[1]在大约两个世纪之前基督没有出生时使用的配方。"Panem depsticium sic facito.Manus mortariunque bene lavato. Farinam in mortarium indito，aquae paulatim addito，subigetoque pulchre. Ubibene subergeris，defingito，coquitoque sub testu." 我理解这段拉丁文的意思是："制作揉搓的面包是这样的。洗净你的手和木盆。把粗面粉放进木盆，一点一点加水，揉搓匀了，团成形状，在盖子下烘烤"，也就是在小烤锅里烘烤。全段话没有一个词是说酵母的。不过，我也不总是吃这种生命的材料。曾有一段时间，由于囊中羞涩，我足足一个月里没有吃上面包。

142

每一个新英格兰人都可以轻而易举地在这块土地上种黑麦和印第安玉米，生产自己的面包原料，不必依靠远处波动的市场获得原料。但是，我们目前为止既不俭朴，也不独立，在康科德，新鲜的香甜的粗粮粉在各家商店里几乎没有出售。玉米片和更粗一点的玉米简直没有人吃了。农场主把自己生产的大部分粮食都喂了牛，喂了狗，却花更大的价钱在商店里购买起码对身体没有更大好处的面粉吃。我看到我能

够毫不费力地种植一两蒲式耳黑麦和印第安玉米，因为前者在贫瘠不堪的地里就可以长得很好，而后者也不是非在肥沃的土地上生长才行，只须用手磨把它们碾碎，没有大米和猪肉一样过下去；倘若我必须使用一些糖，通过实验我发现能够从南瓜和甜菜里熬出非常好的糖蜜来，而且我知道我栽种几棵槭树也可以更加容易地熬出糖蜜来；即使这几样东西正在生长，我还可以利用各种替代物，代替我上面提到的那些材料。"因为"，如同祖先们歌唱的——

南瓜，防风，胡桃，

榨汁，熬糖，润唇。

最后，至于盐，杂货中最粗糙的一样，要获取它可以在合适的时候到海边走走，或者，倘若我完全离开盐过下去，也许我喝水还少得多呢。我没有听说过印第安人不胜其烦地去寻找食盐。

就这样，我能够避免所有买卖，避免与人讨价还价，至少为了食物用不着这样，而住的地方已经有了，剩下的只是弄到穿的和烧的。我现在穿的这条裤子是在一个农人家里织成的——谢天谢地，人还有许多的美德呢；因为我认为农场主一下子落到技工这步，正如同人落到农场主一样落差巨大，值得记住。身置一个陌生的乡间，弄燃料是一件累人的事情。至于栖息地，倘若不允许我继续住在依法可以占有的公地

上，那么我可以购置一英亩地，价格与我耕种的土地价格一样——即八块八毛钱。但是，实际上，我倒认为我住在这块土地上使它的身价提高了。

有一群不肯轻信的人有时会问我这样的问题，是不是我认为我仅仅靠吃蔬菜就可以活下去了；为了立即触及事物的本质——因为本质就是信念——我习惯这样回答：我依靠木板上的钉子活着。倘若他们听不懂这话，那么我说多少他们也听不明白。我这厢呢，我很高兴听听人们正在尝试的这种试验；比如一个年轻人尝试过两周，用他的牙齿当石臼，啃食又硬又生的玉米度日。松鼠族进行同样的尝试，好好地活着。人类对这样的试验兴趣未减，尽管少数几个老妇人被剥夺了试验的权利，那些在磨坊拥有三分之一资产的人会感到惊慌了。

我的家具，部分是我自己打的，其余部分没有花钱，所以也没有记账，包括一张床，一张餐桌，一张写字台，三把椅子，一面直径三英寸的镜子，一把火钳，一个壁炉柴架，一把水壶，一个长柄平底锅，一个煎锅，一把长柄勺，一个洗涮盆，两把刀，两把叉，三个盘子，一个杯子，一把勺，一个油罐，一个糖罐，以及一盏日本漆灯。没有人穷得屁股上挂锡锣，只好坐在南瓜上。那是得过且过的结果。在村里的阁楼里，我喜欢得不得了的这种椅子有的是，拿去就归自己了。家具！老天爷，我能坐，我能站，用不着家具厂来帮忙。看见自己的家具装在车上走遍乡村，暴露在光天化日之下，众目睽睽地让人看，不过是穷里穷气的空盒子，除了哲学家，谁能不

感到无地自容呢？这是斯波尔丁[1]的家具。端详过这样一车家具，我真的说不出它是所谓的富人所有，还是穷人所有；拥有者总是一副穷愁潦倒的样子。的确，你拥有这样的玩意越多，你就越穷。每一件东西看样子都装着十几件窝棚里的东西；可倘若一间窝棚是穷的，那么就十几倍地穷了。请问，为什么我们一直挪动，却舍不得摆脱我们的家具，摆脱我们的外壳儿呢？最后从这个世界到布置着崭新的家具的另一个世界，为什么不把这种生前的玩意儿付之一炬呢？这好比一个人把所有这些机关都扣在了他的皮带上，他在我们的荒野乡村走动必须随时拽动它们——拽动他的机关。他是一只幸运的狐狸，只把尾巴夹断在机关里了。麝鼠为了逃命，会咬断自己的第三条腿呢。人丧失自身的灵活性并不奇怪。多少次他面临绝境啊！

"先生，我也许说话太唐突，可你说绝境究竟是指什么呢？"倘若你是一个喜欢观察的人，不管什么时候看见一个人，你都会看出他拥有的一切，啊，看出他假装没有的东西，在身后掖掖藏藏，甚至厨房里的一应用具和华而不实的东西，他都积攒着舍不得当柴火烧掉，他仿佛被拴在了上面，吃力地向前挣扎。我认为一个人钻过一个绳结或者一道门，他身后的一车家具会绊在后面的，这下他就面临着绝境了。某个衣冠整洁穿戴利落的人，看样子也很自由，一切都拾掇得很有序，可我听他

148·

---

[1] 斯波尔丁（Solomon Spaulding），美国传教士，被认为是《摩门经》最早的作者。

说起他的"家具"时，不管是否保了险，都会对他表示同情。"我的家具怎么办呢？"我这只扑棱棱飞动的蝴蝶这时缠在了蜘蛛网上。还有一种人，多少年看起来好像没有什么家具，可是倘若你深入一点盘问一下，你还是会发现他在什么人家的仓房里存了几样玩意儿。我看今天的英格兰就像一个老绅士，带着一个巨大的行装旅行，华而不实，长期居家积攒下来的东西，再没有勇气把它们烧掉了；大箱子，小箱子，手提箱和包袱。至少把前三样东西扔掉吧。当今之日，即使一个身强体壮的人带着床走路也是力不能及的，因此我当然要奉劝身体有病的人放下他的床铺，轻装奔跑吧。我遇到过一个移民，背负着包袱，里面装着他所有的家当——看上去好似他的脖子后面生出了一个巨大的瘤子——我为他感到好可怜呀，却并不是因为他只拥有这么个大包袱，而是因为他竟然还背负这么个大包袱。倘若我不得不拖着我的机关行走，那么我会三思而行，背负一个轻一点的包袱，别放在要我命的地方。但是，最明智的办法也许是千万别把你的手来进机关里。

顺便说一下，我坚持得住，不会让窗帘花费我什么钱的，因为除了太阳和月亮，我们不需要把什么窥探的人挡在窗户外面，况且我一直愿意他们往里看一看呢。月亮不会让我的牛奶发酸，也不会让我的肉发臭，而太阳也不会伤害我的家具，或者把我的地毯晒掉颜色，倘若它有时候充当了一个过分热情的朋友，那么我觉得躲在大自然提供的什么帘子后面倒是更经济一些呢，用不着在理家的细账上单单增添一笔费

用。一位太太有一次送给我一块垫子，可是我的房子里竟然找不到把它铺开的地方，也没有时间在屋里屋外打扫它，于是我就谢绝了，宁愿在我的房门前的草地上擦我的脚。从一开始就躲开让人遭罪的东西是上上策。

此后不久，我参加了一次执事动产的拍卖，因为他的生命并没有白活——

**人们做了恶事，死后免不了恶名。**[1]

照例，大部分东西是华而不实的，早在他父亲活着时就开始积累了。在剩余的部分里有一条干绦虫。现在，在他家的阁楼和别的尘封的窟窿里静静地躺了半个世纪后，这些东西并没有被烧掉；不仅没有付之一炬，没有彻底毁掉，还在进行拍卖，让它们增值。邻居们纷纷前来看这些古董，把它们悉数买下，用心用意地把它们送到自家的阁楼，塞进尘封的窟窿，让它们躺在那里，等待各家的产业进行清理，这时候它们便又要启动了。人死万事空，徒蹬两脚灰。

一些野蛮民族的风俗，我们因袭下来也许不无裨益，因为他们至少每年在外表上脱一层皮，过一次关；他们对事物有观念，不管他们有没有在实际中实行。倘若我们庆祝这样的"展示"活动，或者庆祝"新摘果实的宴席"，如同巴特拉姆[2]描写穆克拉斯族印第安人的风俗一样，不是也很好吗？"一个镇庆祝展示，"他说，"他们早已给自己准备了新衣服，新锅，新平底锅，以及其他家用器具和家具，把他们穿过的

[1] 引自莎士比亚的名剧《裘力斯·凯撒》第三幕第二场。

[2] 巴特拉姆（William Bartram），美国博物学家，著有《南北加洛拉纳州旅行记》。

所有旧衣服和别的可以扔掉的东西收集起来，打扫和清理他们的房子、广场和整个镇子，把陈旧东西，包括所有留下来的粮食以及他们扔在公共堆上的其他旧物，用火烧掉。吃过药后，禁食三天，镇上所有的火便熄灭了。在禁食期间，他们禁止食欲和情感的满足。一道赦令发布下去：所有的作恶者可以返回他们镇上了——"

"到了第四天上午，大祭司摩擦干木头，在公共广场上燃起新火，随后镇上各家各户从这个新而纯的火苗上取火，点燃自家的火炉。"

然后，他们品尝新玉米和水果，载歌载舞三天，"后面的四天他们接待周围的镇上来的朋友的访问，一起欢庆，因为这些朋友以同样的方式进行了净化，做了精心准备"。

墨西哥人每过五十二年也会进行一次类似的净化，他们相信世界五十二年会结束一次。

我几乎没有听说过比这更神圣的活动，就是说，如同字典上界定的，"是内的精神的优美，进行外在的可见的展示"。我一点也不怀疑，他们最早是从天堂获得了灵感来进行这样的活动，虽然他们没有启示的记录，像《圣经》那样。


五年多来，我就是这样依靠双手，只凭劳动养活我自己，而且我发现，一年中干六个星期的活儿，我就能挣够所有的生活开支。整个冬天，还有大部分夏天，我自由自在，安心学习。我十分投入地办过学校，发现我的各种费用与我的收

入基本相抵，或者略有出入，因为我得整队和训练，更不用说还得有相应的思考和信仰，结果我的时间都白搭到这笔交易里去了。由于我教书不是为了我的同胞获益，而只是为了生计，这次办学失败了。我试过做生意，但是我发现把这行干好要花十年的时间，而那时候我也许正走在去见魔鬼的路上呢。我实际上害怕的是，我到那时候正在做所谓的好生意呢。过去，我在寻找干点什么来维持生计之际，在成全朋友的愿望的过程中有一些寒心的经历记忆犹新，逼着我去想办法，于是我经常想到索性去拣浆果算了；这活儿我肯定做得了，小小的利益就足够了——因为我的最大本领一贯是需求很少——这只需要一点点资本，与我一贯的种种情绪又少有抵触，我就这么愚蠢地思忖着。我的熟人朋友义无反顾地去做生意了，或者干上了专业，而我想这个职业与他们的行当倒是不相上下；整个夏天漫山遍野地跑动，在路上见到浆果就捡起来，然后又随手把它们扔掉了事；就这样，看守着阿德墨托斯[1]的羊群。我还梦想我可以采集野草，或者弄些常青树给一些喜爱树木的村民送去，甚至送到城里去，不惜动用干草车辆送去。然而，我随后明白过来，贸易诅咒它经管的一切；哪怕你做来自天堂的福音的交易，交易的诅咒还是与生意摽在一起的。

156

---

[1] 古希腊神话中人物，曾到海外寻找金羊毛的阿尔戈英雄之一，阿波罗曾替他看管着羊群。

由于我对一些事情更向往，尤其珍视我的自由，而且我吃得苦，干得成，因此我不希望虚度光阴去赚取华丽的地毯或者别的优质家具，或者学习深奥的烹调术，或者修建一栋希腊式或哥特式房子。如果有人获取这些东西没有遇到干扰，而且知道获得时如何使用它们，那么我把这种追求让给他们好了。有些人是"勤劳的"，看样子热爱劳动本身，或者因为劳动让他们避免做更糟糕的坏事；对这样的人，我目前还没有什么可说。那些不懂得如何利用自己的闲暇时间的人，觉得现在已经用得很好了，我则建议他们比过去成倍地努力劳作——干活干得从中得到乐趣，获得自由的证书。至于我自己，我发现打零工的人是最独立的，任何职业都比不了，尤其这种职业一年干三四十天就可以养活自己了。打零工的人日出而作，日落而息，然后便自由自在，全身心地去干自己喜欢的事情，独立于劳动之外；但是他的雇主，算计了一个月又一个月，一年到头得不到喘息的机会。

长话短说吧，我确信，既出于信仰也出于经验，倘若我们今后生活得俭朴，生活得明智，在这个地球上养活自己并不是什么累人的事情，而是一种消遣；比如那些更加简朴的民族的各种追求仍然是那些更加不自然的民族的消遣活动。一个人并非必须额头流汗才能养活自己，除非他比我还容易流汗。

我认识一个年轻人，继承了几英亩土地，跟我说他应该像我这样活着，如果他有办法的话。我并不愿意有人采取我

的生活方式，不管出于什么理由；因为他还没有完全学会我的生活方式时我也许又换了一种方式，我希望这个世界不尽相同的人尽可能多一些的好；而我又希望每个人谨慎行事，耐心寻找，追求自己的方式，而不是他父亲的、他母亲的或者他邻居的。青年人可以修建，可以种植，可以扬帆出海，只要不阻拦他去做他告诉我他喜欢干的事情就可以了。仅从计算这点来看，我们就算得上是智慧的，如同水手或者东躲西藏的奴隶始终两眼盯着北极星一样；仅这一点就足够引导我们一辈子了。我们也许不能在一个算定的时期到达我们的港口，但是我们可以保持在真实的航线上。

毫无疑问，在这个例子里，只要对一个人来说是真实的，那么对上千个人就更加真实了，比如一所大房子按比例来说并不比一个小房子更昂贵，因为一个屋顶可以覆盖一个大房子，一个地下室上面是一所大房子，一道墙分出了几个房间。不过就我这厢来说，我喜欢单独的居所。更有甚者，你自己动手修建一整栋房子，要比说服另一个人相信公用墙的好处，少花费许多钱，这是常见的现象。你要是修建公用墙，为了更加便宜，那这堵墙一定会是一面薄墙，另一家人到头来也许是一个糟糕的邻居，不好好维修他那侧的墙壁。通常可能进行的那种合作，只是极少的，表面的；仅有的那点真正的合作，看上去好像不合作，是一种人们听不见的和谐。倘如一个人有信仰，那么他会与同样有信仰的人合作；倘若他没有信仰，那么则会像世界上其他人一样一直生活下去，不管

所有灵性都会随着早晨醒来。

他和什么人做伴。不管从最高意义还是从最低意义上讲，合作就是让我们生活在一起。我听说最近有人建议，两个人应该一起旅游世界，其中一个没有钱，一边旅游一边挣钱，不管在船上桅杆前还是在地头的犁耙后，而另一个则在自己的口袋里装着一张支票。显而易见，他们无论做伴还是合作都不会长久的，因为其中一个人根本不进行操作。在他们的一路航行中，在第一次令人关注的关头就会不欢而散的。更重要的是，单独行动的人今天说走就走，而与另一个人结伴旅行则必须等待另一个人准备好了才能上路，并需要等很长时间才可以出发。

不过所有这种做法是非常自私的，我听我镇上的一些人说。坦率地说，我到现在为止还没有参与慈善事业。从责任感上说，我做出了一些牺牲，从别的意义上说我牺牲了进行慈善活动的这一乐趣。也有人费尽口舌说服我承担点什么，支持这个镇上某家穷人；如果我没有什么事情可做——因为魔鬼就是给闲人找事做的——我也许在某个闲暇时间里做做这种事情。但是，一想到我自己要在这方面参与进去，让某些穷人在方方面面维持像我自己维持的这种舒服生活，让他们待在天堂，并把这作为一种责任，甚至走得更远向他们提供帮助，而他们毫不犹豫地无一例外地宁愿保持贫穷。我们镇上的男男女女早已以太多的方式为他们的同胞谋好处，我相信这至少可以取代一些不那么人性的事情。你必须有天赋

才做得好慈善事业，这与做任何别的事情是一样的。至于"做好事"，那是一种人人都抢着干的事情。再说，我正经尝试过呢，而且，说来奇怪，我很满意我做这种事情感到浑身不自在。也许我不应该有意地故意地放弃我的特殊的冲动，去做社会要求我做的好事，拯救宇宙，不让其毁于一旦；我相信，在别的什么地方存在着类似却更坚定的东西。不过我不会阻拦任何人发挥他的天才。谁去做我不想做的事情，而且全心全意，不惜生命，我都会说：坚持下去，哪怕这个世界称之为做坏事，如同很可能到头来他们就要做坏事一样。

我绝不是在说我的情况是一个例外。毫无疑问，我的许多读者都会做出类似的申辩。在做某件事情时——我不敢保证说我的邻居就说它是好事——我可以毫不犹豫地说我是一个一流的雇工；但是为什么我会是一流的雇工，这要由我的雇主去发现。我做什么好，按"好"这个字的常识来判断，一定是在我的主要道路旁边，而且大部分都是我完全无意而为的。人们讲求实际地说，你在哪里就从哪里开始，你是什么样子就是什么样子，不要渴求成为更有价值的人，而要以善心刻意去做好事。倘若我全用这种调子宣讲，那么应该干脆说："开始做好人吧。"好像太阳用自身的火焰把月亮或者一颗六等星照出耀眼的光辉后，应该停下来，如同罗宾·古德费洛[1]一样，窥探每家村舍的窗户，叫人变得神神道道，把肉食变坏，使黑暗变

---

[1]　英格兰民间故事中的顽皮小妖。

得清晰可见；可是太阳没有稳定地增加它的温馨的热力和惠泽，直到光芒耀眼，没有人能够直视它的脸，随后却同时按着自己的轨道绕世界行走，做好事，或者更贴切点说，如同一种更加真实的哲学体系发现的，是这个世界围绕着太阳运转到了太阳的好处。法厄同[1]一心想通过惠泽证明他是天庭降生，驾着太阳车仅仅行走一日，便脱出轨道，把天庭下面街道上的房子烧掉了几排，烧焦了地球表面，烧干了每个春天，弄出了一个撒哈拉大沙漠，直到最后朱庇特[2]一个惊雷把他击毙到了地上，而太阳神却为他的死悲痛不已，一年之内没有照耀世界。

　　什么气味难闻，也不及善良的霉味那么呛人。那是人的腐尸，是神的腐尸。如果我确实知道一个人要来我家诚心诚意为我做好事，那我准会溜之大吉的，就像躲避非洲沙漠所谓的西蒙风[3]，干燥而烘热，灌得嘴里和耳朵里全是沙子，非把你憋死不可，我害怕自己沾惹上他对我做的好事——一些好事的细菌会潜入我的血液的。不——真的这样，我还不如自自然然地忍受邪恶呢。倘若我饿了他就喂饱我，倘若我寒冷他就温暖我，倘若我要掉进臭水沟他就把我拉上来，这种人在我看来算不上好人。我能找到一条纽芬兰的狗，它能做得一样好。从最广的意义上讲，慈善行为并不是热爱同胞。霍华德[4]无疑是极其善良的人，值得尊敬的人，他有自己的方式，而且得到了回报；但是，比较而言，倘若霍华德们的慈善行为在我最需要帮助的时候不能在我们最好的财产上体现，那么即使一百个霍华德对我们来说有什么用处呢？我从来没

---

［1］ 古希腊神话里太阳神赫里阿斯的儿子，驾其父的太阳车狂奔，险些焚烧整个世界，幸亏宙斯见状，用雷将他击毙，世界才免于此难。

［2］ 古罗马神话中主宰一切的主神，统治众神，相当于古希腊神话里的宙斯。

［3］ 即非洲和阿拉伯沙漠里的风。

［4］ 霍华德（Jonh Howard），英国慈善家，因对监狱改革有独到见解而出名。

有听说过，慈善会议会有什么人真诚地提议，对我或者我这样的人去做什么善事。

耶稣会会士对印第安人爱莫能助，因为他们在火刑柱上被活活烧死之际，还向施刑者提议新的折磨方式。由于对肉体受苦毫不在乎，有时候他们对传教士能够提供的安慰也就毫不在乎了。你所遵循的法则是对他们施刑时在他们的耳边少说那些安慰话，他们那厢并不在乎他们如何被折磨而死，而是以一种新的方式喜欢他们的敌人，差不多完全原谅了他们所干的一切。

你要帮助穷人就务必给予他们最需要的东西，尽管正是你的榜样让他们远远落在了后面。倘若你施舍钱财，那还不如你自己亲自花掉为好，别把钱扔给他们就算了。有时候，我们会犯一些莫名其妙的错误。穷人脏兮兮的，穿得破破烂烂，举止粗俗，却往往不是那么饥寒交迫，让人同情。这只是他的一部分趣味，不等于他倒霉透顶，需要帮助。倘若你对他施舍钱财，那么他也许会用钱买来更加破烂的东西。我一贯同情那些在湖上凿取冰块的笨手笨脚的爱尔兰劳工，穿戴得破烂不堪，侉里侉气，而我虽然穿戴得比他们整齐，衣着比他们入时，却总是冻得瑟瑟发抖。岂知在一个异常寒冷的日子，一个爱尔兰人掉进了水里，来我家取暖，我看见他脱下了三条裤子，两双袜子，才露出了皮肤，一点没错，它们很脏，很破烂，可他能够拒绝我打算送给他的多余的衣服，因为他有许多内穿的衣服。这次落水才是他需要的东西呢。

随后我就开始可怜我自己，看出来如果送给我一件法兰绒衬衫倒比施舍他一个旧衣店更具慈善的性质。有一千个人在砍掉罪恶的树枝，只有一个人砍掉了罪恶的根须，由此也许向穷人施舍金钱最多的人，正通过他自己的生活方式造成了最多的不幸，产生了痛苦，到头来他又一筹莫展了。正是假慈悲的蓄奴者把奴隶创造的收益的十分之一，为别的奴隶买来了星期天的自由。有的人把穷人雇用在厨房里，表示他们的菩萨心肠。倘若他们亲自到厨房里干活儿，那不让人看到更有菩萨心肠吗？你向人吹嘘说你把自己收入的十分之一用于慈善活动，可你应该用十分之九的收入去行善事，把善事做到底。那么，社会便只占有了十分之一的财富。这种情况是因为财富占有者的慷慨造成的呢，还是公正的官员们的失职造成的？

慈善行为几乎是人类能够赞赏的唯一的美德。不，人们对慈善极尽溢美之词；正是因为我们的自私，慈善行为才被过于赞美了。一个身板结实的穷人，在康科德的一个阳光明媚的日子，向我夸赞一个同镇市民，只是因为，如他所说，这个市民对穷人好，这穷人指的就是他自己。人类中这种善良的大伯大妈们，受到了比人类真正的精神父母更多的敬仰。我曾听说过英格兰的一个宗教讲演者，一个学问与智慧兼备的人，历数了英格兰的科学、文学和政治的伟人，比如莎士比亚、培根、克伦威尔、弥尔顿、牛顿及其他泰斗，而后讲起了英格兰的基督教英雄们，好像是他的职业要求他那样，

把基督教英雄们往高拔，地位超过了前面所有的泰斗，成了泰斗中的泰斗。这些基督教英雄便是佩恩、霍华德和弗莱夫人。人人都一定会感到这是言过其实，一面之说。最后三位根本算不上英格兰的顶级男女，充其量也许只是英格兰的一流慈善家而已。

慈善行为应该得到的赞扬，我不会从中抽掉什么东西，只是想为所有用生命和劳动为人类谋福利的人争得公道。我看人主要不是看他的正直和慈善，这两样东西只是，可以说，他的躯干和叶子。这些植物的叶绿素干枯后，我们做成草药茶给病人喝，不过这只是一种低级的用法，主要是江湖医生使用它们。我要的是一个人的鲜花和果实；我要一些芳香从他飘向我，一些成熟果子在我们的交往中芳香四溢。他的善良一定不会是局部的短暂的行为，而是一种持久的奢侈，却不会让他破费什么，是他无意识的行为。这是一种把众多罪恶掩盖起来的慈善。慈善家总是用自己抛弃的悲痛的复制品把人类包围起来，营造成一种氛围，并称之为同情心。我们应该给予的是我们的勇气，不是我们的绝望；是我们的健康和平和，不是我们的疾病，而且要当心别让疾病通过感染广泛传播。从哪些南方的平野上传来了恸哭的声音？在什么纬度上居住着我们会送去光明的异教徒？谁是我们会救赎的乖戾和残酷的人？如果什么疾病袭击一个人，他的各种功能因此不能发挥，甚至如果他的肠胃感到疼痛——这里可是同情心的根据地呀——那么他就要着手改良了——改良这个世界。

他发现，他自己是一个社会缩影，而且这是一种真正的发现，他就是发现的那个人——这个世界一直在吃青苹果；事实上，在他的眼中，地球本身就是一个青苹果，一想到人类的孩子在苹果成熟之前便啃食，实在危险多多；他那按捺不住的慈善之心于是直接找到了爱斯基摩人和巴塔哥尼亚人，直接拥抱人口稠密的印度和中国的村庄；就这样，进行了几年的慈善活动，权势人物与此同时又利用他达到他们自己的目的，毫无疑问，他治愈了他的消化不良症，地球由此获得了几抹红晕，一边脸颊或者两边脸颊都变得红扑扑了，好像地球正在开始成熟，生活失去了它的残酷性，重新变得更加香甜和美满，值得生活下去了。我从来没有梦见过什么罪过比我所犯下的深重。我从来不认识，今后也永远不会认识比我自己更坏的人。

我相信，这种改革家如此悲伤，不是因为他对苦难中的同胞们的同情，而是他私下的疾病，尽管他是上帝最神圣的儿子。把这种现象摆正吧，让春天来到他身旁吧，曙光在他的卧榻边升起来，他将会抛弃他的慷慨的同伴，连句抱歉的话也不用说。我对嚼烟叶不加劝阻，理由是我从来不嚼烟叶；谁嚼烟叶到头来会自食苦果的；我咀嚼的东西够多的，我不会白费口舌去劝阻。如果你一时迷糊曾经做过慈善家，那你可别让你的左手知道你的右手在干什么，因为这不值得知道。救起溺水的人，把你的鞋带系紧。利用你的时间，去做一些自由的劳动。

我们的举止已经由于和列位圣人的交流而被腐蚀了。我们的赞美诗与诅咒上帝的声音呼应了，永远在忍受他。有人说过，即使先知和救星也只能安慰人的各种恐惧，而不能加强人的各种希望。得到生活的礼物，得到上帝的一点赞美，便感到满意，朴实而按捺不住，没有地方记录这些东西。所有健康和成功都会让我受益，不管它多么遥远多么难以接近；所有的疾病和失败都让我感到悲伤，让我邪恶，不管它让我得到多少同情或者我多么同情它。那么，倘若我们真的要通过真正印第安人的、植物的、磁力的或者自然的手段振兴人类，首先让我们简朴起来，像大自然一样，驱除悬在我们额头上的乌云，借助一点点生气注入我们的毛孔。别没完没了地盯着穷人，而要设法成为这个世界上一个有价值的人。

我在设拉子[1]的希克·萨迪[2]的《果园》中，或者《花园》中，读到"他们问一个智者，说：至尊之神创造了许多著名的高耸而成荫的树木，没有一种称为 azad，或者自由，只有不结果子的柏树例外，这中间有什么秘密吗？他回答说：每种树都有其合适的产品，以及指定的季节，季节延续期间它焕然一新，花朵开放，而季节过去时便干枯，凋落；柏树在这两种季节里依然故我，总是郁郁葱葱；具有这种自然属性的便是 azad，或者宗教的独立者——不要把你的心固定在短暂的变化之间；Dijlah，或者底格利斯河，在哈里发灭绝种族之后，仍会穿流巴格达：倘若你的手头很富足，要像枣树一样慷慨；但是倘若手中拿不出任何东西，则做一个 azad，或

---

[1] 设拉子，伊朗南部城市，古波斯文化中心，东北 60 公里处有波斯帝国都城波斯波利斯遗迹。

[2] 萨迪（Saadi），波斯诗人，著名作品有哲理性叙事诗《果园》和用韵文写成的《蔷薇园》，文中加有许多短诗、民间格言、警句，作品对后世产生深远影响。

者自由的人，像柏树一样。"

## 补充诗

### 贫穷的托词

你放肆得太过头，可怜的穷鬼，
竟敢要求在苍天下有一个职位，
因为你的破败的窝棚或者木桶，
养育出某些懒惰和穷酸的德性
沐浴着廉价阳光或傍清凉泉流，
吃菠菜和菜根；这里你的右手
撕碎心灵上的人类的各种激情，
亮丽的美德在各种激情中育孕，
贬抑大自然，将感官变得木呆，
蛇发女妖模样，活人变成石块。
我们并不要求没有生机的社会
受制于你的那种必须要的节制，
也不要那种不自然的愚蠢行径
不懂得欢乐与忧愁；也不弄清
被迫的虚假崇高的被动的刚强
凌驾主动之上。这低贱的一帮，
把他们的位置固定于平庸之类，
成为你屈从的意向，可是我辈

却推崇如此美德以至承认无忌，

勇敢慷慨的行动，帝王的壮丽，

眼观六路的审慎，宽宏的行为，

不懂何谓边界，那英雄的美德

自古以来便没有留下一个叫法，

只有各种典型，如赫拉克勒斯，

阿基里斯，忒修斯。回到棚屋；

当你看到崭新的进步的天球时，

悉心弄清楚谁是那些杰出人物。

T. 卡鲁[1]

---

[1] 卡鲁（Thomas Carew），英国骑士派诗人，得宠于查理一世，著有假
面剧《不列颠的天空》、长诗《狂喜》和爱情诗《诗集》等。

辑二

*Where I Lived, & What I Lived for*

我在哪里生活；
我为什么生活

不要把你的心固定在短暂的变化之间

# 我在哪里生活；我为什么生活

在我们生命的某个季节，我们习惯于把每一个地点当作一所房子的可能选址加以考虑。我就是这样把我住地周围方圆十几英里的乡村考察了一番。在想象中，我一片又一片地购置下了所有的农场，所有的田地统统买下，我很清楚它们的价格。我走到每一个农场主的地产上，品尝他的野苹果，和他谈耕作，把他的农场买下，由他说价钱，再按随便什么价钱抵押给他，心里就这么盘算着；哪怕出一个更高的价钱——每种东西都买下，只是没有立下字据——把他的话当作字据，因为我一向喜爱交谈——我买地只为耕种它，而且把农场主也耕种到某种程度，我想，等我过足了耕种的瘾时才离开，让他接着把地种下去。这番经历让我的朋友把我当成了某种地产经纪人。不管我在哪里安身，我都可以生活下去，而且田园风光会随着我相应地展现出来。房子说到底不过是一个座位而已——如果是一个乡村座位则更好。我发现许多房子的选址都不可能很快地得到改善，一些人也许会认为宅基地距离村子太远，可是在我看来是村子离宅基地太远了。是呀，我说了，我可以在那里住下；而且我真的在那里

住过，一个小时的生活，一个夏季的生活，一个冬天的生活；看见了我是如何让一年的光阴溜走的，挨过了冬季，就看到春天来到了。这个地区的未来的居民，不管他们会把房子修建在哪里，都可以肯定那儿已经有人住过了。一个下午足可以把一片土地开发成一个果园、树林和牧场，决定家门前应该留下什么优良的橡树或者松树，由此把每一棵砍伐的树都派上最好的用场；随后我让它闲置着，可能休耕，因为一个人若能让许多事情搁置起来，相比之下他就是富有的了。

我的想象力把我带得太远，我竟然被几座农场拒绝了——这种拒绝是我求之不得的呢——可是我从来没有让实际上的占有把我的手指头烧伤。最接近实际占有的那次，是我购买霍尔维尔那个地方，我已经开始挑选种子，并且收集木料制作一辆手推车坚持下去，争取成功。但是，地产的主人还没有给我写下字据，他的老婆——每个男人都有这样一个老婆——变卦了，要自己留下来，而他只好赔我十块钱解除这笔买卖。现在说句实话，我在这世界上当时只有一毛钱，因此倘若我就是有一毛钱的那个人，拥有了一所农场，多了十块钱，统统都有了，那么我的数学知识就算不过这笔账了。不管怎样吧，我没有要他的十块钱，农场也还给了他，因为这次买卖我已经做到位了；或者换个角度说，我表现得很大度，我还按我买时的价钱把农场卖给了他，而且，由于他不是一个富人，这样等于赠送了他十块钱，就让我仍然拥有我的一毛钱、种子和制作手推车的木料好了。我发现我本来就

是一个富人，买卖不成并没有损害我的贫穷。但是我留住了那片田园风光，而且此后每年都得到它的硕果，还不用手推车来把它们运走。至于田园风光——

**我是我所巡视过的君主，**

**谁也剥夺不了我的权利。**

我经常看见一个诗人，欣赏了一所农场里最有价值的部分就离去了，而急躁的农场主还以为他只摘走了几个野苹果。嗨，农场主多少年以后也不会知道诗人把他的农场写成了韵诗，加了一道令人大饱眼福的无形的篱笆，把农场圈起来；又写牛奶挤了出来，去掉了奶油，并把所有的奶油取走，留给农场主撇掉奶油的牛奶。

霍尔维尔农场的真正吸引人之处，在我看来，是其美不胜收的幽静景致，距离村子两英里，距离最近的邻居半英里，与公路相隔着一块宽阔的田地；农场的边界是一条河流，而且据农场主说，这条河在春天从树林里升起雾霭，把农场保护起来，不过这与我没有什么关系；农舍和仓房是灰色的，一副破败的景象，篱笆东一截西一截，在我和原来的住户之间拦起了一道远久的间隔；苹果树老残空洞而长满了苔藓，兔子咬过，让人看得出我会与什么样的邻居相处了；不过更主要的是我对它的那段回忆，我很早的时候在河上航行，看见那座房子隐蔽在密密匝匝的红枫叶丛中，从那边传来家犬

的吠叫声。我急于把它购买下来，等不及农场主把一些石头清理掉，把老残空洞的苹果树砍伐掉，把牧场上长出来的小白桦树连根刨掉，长话短说吧，等不及农场主把农场好好收拾一番。为了尽早占到这些好处，我随时准备把这桩买卖做成；如同阿特拉斯[1]，把世界扛在了我的肩膀上——我一直没有听说他得到了什么报偿——我愿意去干所有这些事情，而没有别的动机和借口，赶紧用钱把它买下，据为己有，不受别人干扰。因为我完全清楚，如果我能够让它自由发展，它就能生长出我一心想要得到的丰硕的收获。然而，结果却事与愿违，如同上面我叙说过的。

因此有关大规模务农的事情（我一直在耕耘着一个果园），我所能说的只是我早已准备好了种子。许多人以为种子会随着年代不断改善。我却认为时间是分辨不出好与坏的；到了最后我要下种时，我自己的种子不大可能让我感到多么失望。但是，我会对我的伙伴们说，所有的话只说一次就够了：尽可能地自由生活，别受约束。认真经营一座农场和在县监狱里坐牢，几乎没有什么区别。

老加图，他的《农书》便是我的"栽培者"，我见过它的唯一译本把这段话搞得一塌糊涂，他实际是这样说的："你真想购置一所农场，务必要在脑子里反复权衡，别见地就买，一副贪相；也别懒得多去看看，只是绕着它转了一圈儿走马

[1] 古希腊神话里用肩膀扛着天的大力神。

观花，不多走走脑子。你越到那里多看，你便越会对它喜欢，如果它真的不错的话。"我认为我不会贪心地买下它，而会绕着它转啊转啊，只要活着就转着看，死了就先埋在那里，最终它也许会让我更加受用的。

现在轮到我又一次进行这种尝试，我打算描写得更加详尽一点；为了方便起见，把这两年的经历放在一起写。一如我所说的，我无意写一曲沮丧的颂歌，而要像晨曦里的大公鸡一样，站在栖木上，尽情扯起嗓子打鸣，哪怕只是为了把我的邻居们唤醒。

我第一次在树林里住下来，也就是说，开始在树林里昼夜生活。巧得很，那天正好是独立日，也就是一八四五年七月四日，当时我的房子还没有为过冬收拾停当，仅仅可以遮挡风雨，还没有泥灰，没有修起烟囱，墙壁使用的是风雨侵蚀过的木板，墙缝很大，夜里寒气袭人。砍劈过的直挺挺的立柱露着白碴儿，门窗的框架刚刚刨过，房子因此看上去清新而通风，尤其一大早起来，木头饱浸了露水，我不由得会想入非非，觉着大中午一些清香的树胶会从木头里流出来。由于想象的作用，一整天房子都或多或少保留着这种晨曦中的特色，让我想到前一年参观过的修在山顶上的一座房子。那是一所通风良好、没有泥过的小屋，适合接待一名旅行的神仙，女神也可以在里面舞袖曳裙的。风儿从我的居所刮过，正如同席卷山梁，呜呜咽咽，断断续续，或如人间的乐曲从

天上落下几个片断。晨风吹个不停，永不停息，创世的诗篇没有间断；但是很少有多少耳朵听得见它。奥林珀斯山[1]在人世间的外面才有，无处不在。

过去，除了一艘小船，我拥有的唯一一所房子是一顶帐篷，夏天里我偶尔外出郊游还使用一下，至今仍叠放在我的阁楼里；但是那艘小船，几经转手，却已经沉入时间的溪流了。具备了这所更加有质量的居所，我便已经大有进步，在这人世间有了安身之处。这间架，虽然修造得如此单薄，却算得上一种围绕我的水晶宫了，在我这个建筑者身上是有反映的。它很有几分联想的效果，好似一幅素描画儿。我无需到室外呼吸新鲜空气，因为房子里面的空气依然新鲜。我坐在门后，与身置屋外没有什么区别，哪怕在阴雨连绵的天气里。哈里梵萨[2]说："一所住宅没有鸟儿，如同没有调料的肉食。"我的住处却不是这个样子，因为我发现我成了鸟儿们的突然冒出来的邻居；并非捉来一只鸟儿关进了笼子，而是我把自己关在房子里与它们为伍。我不禁与那些经常飞进花园和果园里来的鸟儿更加接近，而且与那些更野更刺激的林中鸣禽相距咫尺，它们从不或极少对着村民一展歌喉——比如画眉、鸫鸟、红色唐纳雀、野麻雀、三声夜鹰，还有许多别的会唱歌的鸟儿。

我坐在一个小湖的岸旁，距离康科德村镇以南大约一英里半，比这个村子略高一点，位于这个村镇和林肯之间一片广阔的森林中间，再往南两英里便是我们唯一名闻遐迩的战

地，即康科德战场；不过我在树林里的位置非常低，半英里外的对岸，如同其他地方，覆盖着树木，是我看得见的最远的地平线。在最初的一星期里，不管什么时候向湖看去，它都给我冰斗湖的印象，如同盘踞山侧旁的山中小湖，它的湖底高出别的湖的水面。而且，太阳升起来时，我看见它脱去夜间的淡雾衣裳，这里那里，程度参差，它那柔软的涟漪或者平滑如镜的表面露了出来，而那些轻雾，幽灵一般，悄悄地散去，潜入树林，如同某个夜间碰头的集会正在解散一样。露水看样子悬在树梢迟迟不肯离去，一直到很晚的时候，因为树木生长在山侧旁。

八月里，温和的暴风雨时断时续，这个小湖变成了最难能可贵的邻居，这时候，空气和湖水非常安静，但是天空却乌云密布，下午过半便是一派黄昏的宁静气氛，画眉此起彼伏地啼叫，此岸彼岸遥相呼应。这样的一汪湖水只有在这个时候才异常平静；湖上空气清亮的部分浅薄透亮，在云团的笼罩下幽暗起来，湖水则明光闪闪，倒影重重，成了一个二重天，倒比天空显得更举足轻重了。附近一个山头，新近砍伐掉了树木，隔湖向南望去是一幅令人心旷神怡的图景，形成湖岸的重山间是一个开阔的缺口，重山对面的山坡彼此错落着向下延伸，表明一条溪流从那个方向涓涓而下，穿过一条长满树木的峡谷，然而那里并没有溪水流淌。我的视角就介于此山与彼山之间，跳过附近绿色山峦向远处眺望，地平线上出现了更高的山峰，染上淡蓝的颜色。一点没错，踮起

脚尖我能看见西北方向更蓝更远的闪烁多变的山脉，那些纯蓝的硬币是蓝天自己的模子锻压出来的；我这样瞭望还看得见村镇的一部分。但是向别的方向看去，即使从这个地点，我也看不见包围着我的树林上方或远处是什么。你的住所附近有水可谓得天独厚，给你悬浮的感受，让地球漂浮起来。水的价值，哪怕是最小的井，你向下面看去，也能看出地球不是毗连的大陆，而是间隔的岛屿。这可不能熟视无睹，如同井水可以冷却黄油一样重要。从这个山巅隔湖望去，看见了萨得伯里草原，在洪水到来的时候我看得出草原高出一块，也许是烟雾翻腾的峡谷形成的海市蜃楼的作用吧，如同一枚盆底上的硬币。湖那边所有的土地看上去宛如一层薄薄的浮皮，由于这层小小的横亘的水面而隔绝起来，漂浮起来，而我猛然醒过神儿来，我就居住在这上面，不过是一片干燥的土地。

尽管从我的门边一眼望去，视野更为狭窄，但是我并没有感到拥挤或者局限，一点都没有。牧场有的是，由我去想象好了。低矮的橡树丛生的高地，从湖对岸升起，一直向西方的草原延伸，向鞑靼式的大草原延伸，为所有流浪的人家提供了广阔的存身之地。"人世间只有自由自在地欣赏广阔的地平线的人，才能感受到什么是幸福。"——达摩达拉说，因他看到自己的牛羊要求新的更大的牧场。

地点和时间都变了，我居住得离宇宙的那些部分更近了，离历史上最吸引我的那些时代更近了。我生活的地方很遥远，

如同天文学家夜间观察的许多区域一样遥远。我们习惯于想象稀有而令人愉快的地方，存在于天体的某个因遥远而更深邃的角落，仙后座的椅子形状的后面，远离了尘嚣和烦扰。我发现我的房子实际上占有了这样一个偏远的场所，永远是新的，没有玷污的，属于宇宙的一部分。倘若安居在这些地方，靠近昴星团或者毕星团，靠近牵牛星或者天鹰星，是值得一做的话，那么我真的是得天独厚，离我早已抛离身后的生活同样遥远，那些星座只是一缕柔和的微光，照着我最近的邻居，只有在没有月亮的夜晚才看得见。这样的情形就是创造物的部分中我所居住的地方——

世间曾有一牧人，

思想一度比山高。

羊群伴他在山间，

为他生存供脂膏。

倘若牧羊人的羊群总是走在比他的思想更高的牧场上，我们对牧人的生活应该想到什么情景呢？

每天早晨都是一次振奋人心的邀约，让我的生活与大自然本身一样简朴，而且我可以说，同大自然本身一样纯真。我一直是奥罗拉忠实的崇拜者，与希腊人一样。我起床很早，在湖里洗澡；这是一种宗教似的活动，也是我做得最好的事情之一。人们说，成汤王的浴盆上刻着这样的文字："苟日新，

日日新，又日新。"<sup>[1]</sup>我理解这段话的含义。晨曦带回来英雄的时代。在天刚蒙蒙亮的清晨，我打开门窗坐在家中，一只蚊子在我的居所里看不见摸不着地飞来飞去，嘤嘤嗡嗡的叫声令我感动，好像我听见了为美名歌唱的喇叭声。这是荷马的追思曲；它本身是空中的《伊利亚特》和《奥德赛》，吟唱出它的怒气与漂泊。它传达出某种宇宙的东西；一种持续的广告，只要不被禁止，就要表明世界的无穷活力与代代繁衍。早晨是一天中最值得纪念的季节，是醒来的时辰；那时我们了无睡意；至少在一个小时里，某些让我们在白天与黑夜所有其他时间里困顿的部分醒来了。那种白天别指望什么，即使它能成为白天也别指望什么，因为在那种白天我们不是由我们的天资唤醒的，而是由某个侍从用机械般的肘子捅醒的，不是由我们自己新生的力量发自内部的渴望唤醒的，伴随我们的不是一阵阵天空的音乐，而是工厂的钟声，也不是散发在空气里的芳香——我们没有清醒到更高的生命层次，连入睡前的状态还不如；真是这样，黑暗倒是能结出它的果实，证明自身是好的，一点不比白天差。一个人如果不相信每天都有一个更早更神圣的早晨时辰，是他还没有来得及玷污的，那他对生命已经感到绝望了，只是在追寻一条江河日下的渐趋黑暗的道路。感官生命得到部分休息之后，人的灵魂，或者更确切地说是灵魂的器官，每天都会恢复元气，他的天资

[1] 一说出自《汤之盘铭》。

206

会再一次尝试它能制作出什么高贵的生活。我敢说，所有值得纪念的事件都会在早晨的时间和早晨的氛围里发生。《吠陀经》[1]里说："所有灵性都会随着早晨醒来。"诗歌与艺术，人们的行为中最为优雅最值得纪念的东西都发生在这样一个时刻。所有的诗人和英雄，如同门农[2]一样，是奥罗拉的孩子，在太阳初升时播送他们的音乐。对思想充满弹性和活力的人来说，若能与太阳的步伐保持一致，白天就是一个永恒的黎明。钟表走到什么时辰，人们有什么态度和从事什么劳动，都无关紧要。早晨就是我醒来的时辰，内心里有一个黎明。道德改革就是努力把睡意摆脱掉。倘若人们不是一直在昏昏欲睡，那么为什么他们讲述白天干些什么时说不上几句来呢？他们可不是如此蹩脚的计算家。倘若他们不是让昏睡压倒了，他们本应该干出点事情的。数百万人清醒得可以干体力劳动；但是一百万人里只有一个人清醒得可以从事有效的知识劳动，一亿人里只有一个人能够过上诗意和神圣的生活。只有清醒，才算活着。我还从来没有碰见过一个相当清醒的人。一旦碰上，我怎敢对着他的脸看他呢？

我们必须学会复苏，保持我们清醒，不必依靠机械的帮助，而是凭借对黎明的期望，因为黎明在我们沉睡不醒的时候也不会抛弃我们。人毫无疑问有能力通过有意识的努力，提高他的生命，这是我所知道的最令人鼓舞的事实。能够画出一幅特殊的画作，是点本事；能够雕塑出一座雕像，是点本事；能够把几个物件摆弄得美丽，也是点本事；但是，能

够雕塑和画出我们可以看懂、能够道德地行动的氛围和媒介，那才更加显得荣耀。有效地利用白天的质量，是艺术的最高境界。每个人都有责任把自己的生命甚至生命的各个细节过好，在最崇高和最关键的时刻审视而无愧。倘若我们拒绝或者索性浪费了我们得到的这样微小的信息，奇迹会明确地告诉我们如何把这点做好。

我走进了树林，因为我希望从容地生活，仅仅面对生活的基本事实，看看我是不是能够学会生活不得不教会我的东西，等我要死的时候不会看到我一辈子白活了。我不希望我的生活过得不叫生活，因为生活实在太吸引人了；也不希望听任生活的摆布，除非万不得已。我想十分深入地生活，把生活的所有骨髓吮吸干净，生活得非常健全，斯巴达式[1]的，把算不上生活的东西统统排除掉，修剪一块田地并且修剪得十分紧凑，把生活逼入一个角落，把生活减缩到它的最低的条件，如果它被证明是低贱的，那么就把生活的全部而真实的低贱之处领略到，随后把它告诉这个世界；倘若生活是崇高的，那么通过经历去认识它，以便在我的下一次出行时能够对它给予一种真实的描述。因为多数人，在我看来，都对生活感到陌生，把握不住，不管生活是魔鬼还是上帝；另一方面他们又不同程度地仓促得出结论，认为人活一世的主要

210

---

[1] 斯巴达，古希腊奴隶制城邦；斯巴达式的，指以简朴、刻苦、黩武为其特征。

目的是"赞美上帝并且永远和上帝在一起"。

我们仍然生活得低贱，如同蚂蚁；尽管传说告诉我们，我们很久以前就变成人了；如同小仙子一样与仙鹤打仗；这才是错上加错，越抹越黑了，我们最优美的美德这样一来倒成了一种过剩而可有可无的累赘了。我们的生活由于零碎对待而化整为零了。一个诚实的人几乎无需识数太多，能够数清楚自己的几根指头就够了，遇到极端的情况至多再加上他的十根脚趾头，其余统统算一笔糊涂账。简朴，简朴，还是简朴！我说呢，把你的事情简化到两三件，而不是一百件或者一千件；用不着算到一百万，数到六七个数就够了，把你的账记在你的大拇指上就行了。在这文明生活的风急浪高的大海之中，这样的东西就是乌云，就是暴风雨，就是流沙，就是一千零一个项目，一个人不得不在生活中面对，如果他不会跳进生活的大海，沉入海底，通过船位推算来建立自己的港湾的话；一个人要功成名就，就一定要成为一个伟大的计算家。简化，简化吧。一日不必三餐，倘若非吃不可，有一顿饭便足够了；用不着一百道饭菜，五道饭菜足矣；其他事项按比例往下缩减。我们的生活像德意志联邦，是由小州组成的，州与州的边界永远在变动，即使一个德国人也做不到随时把准确的界限说清楚。国家本身，进行了一切所谓的内部改进，顺便说一句，这些全是外部的和肤浅的，它实际上只是一种不易控制、过分臃肿的机制，塞满了家具，陷进了自己设下的陷阱，追求奢侈，恣意挥霍，毁掉自身，因为

它没有计算和崇高的目标，像国土上的百万户人家一样过日子；对于一个国家，如同百万住户一样，唯一救治的办法就是一种一丝不苟的经济，一种苛刻的、比斯巴达式的简朴更甚的生活，一个升高的目标。国家生活得太放荡了。人们以为国家拥有商业是基本国策，应该出口冰块，通过电报说话，一小时驾车行走三十英里，没有怀疑这些东西是不是值得去做；可是我们是应该像狒狒那样生活，或是像人一样生活，这是不大好确定的。倘若我们弄不到我们的枕木，不锻造钢轨，不日以继夜地工作，而是对生活修修补补来改善生活，那么谁来修建铁路呢？倘若铁路修建不起来，我们又如何及时到达天堂呢？可是如果我们待在家里，管好我们自己的事情，谁又需要铁路呢？我们并没有乘坐铁路，是铁路在乘坐我们。你可曾想到过那些躺在铁路下的枕木是什么吗？每一根枕木就是一个人，一个爱尔兰人，或者一个新英格兰人哪。铁轨铺在他们身上，他们被黄沙掩埋起来，列车在他们身上平稳地奔跑。他们才是牢固的枕木[1]。我告诉你吧，每隔几年，一批新的枕木就要铺在铁轨下，火车在上面奔跑；所以，倘若有人乘坐铁路感到十分快活，那么别人就活该倒霉，让人家在身上乘坐。不过，在那些人乘坐列车碾过一个睡梦中行走的人——一根铺错位置的编外的枕木——把他惊醒时，他们突然把列车停下，大喊大叫一通，仿佛这是一个例外。我很高兴了解到，每隔五英里便由一伙人来保持枕木铺稳，在他们的床位上保持四平八稳，因为上述例外表明他

---

[1] 原文 sleeper，原意为"睡觉的人"，转义为"枕木"；此处应译为"枕木"，却又有"沉睡的人"之意，表达了作者对当时修建铁路的广大劳工的同情。

们有时候也许会重新站起来。

为什么我们应该生活得这样匆忙，浪费生命呢？我们还没有真正挨饿，我们就下决心饿死了。人们说，及时缝补一针，省得日后缝九针，于是他们今天就缝补了一千针，却只省下了明日的九针。至于这样做的效果，我们没有得到任何行为的任何效果。我们迷上了圣维特斯[1]的舞蹈病，不可能让我们的头保持安静。倘若我把教区钟的绳子拉动几下，报一次火警，就是说，没有按钟点敲钟，我可以肯定地说，在康科德郊外的农场的男人——不管他早上强调了多少次他多么的繁忙——还有儿童和妇女，准会放下手头所有的活儿，循着钟声跑来。可是跑来主要不是抢救大火中的财产，而且，如果我们坦率说出实情，更多的动机是因为火既然起来了就一定看看大火怎么样了，而且我们心里很清楚，自己没有放这把火——何不来看看大火如何扑灭，顺便帮上一把，要是帮起来不怎么费力的话；是的，即使郊区教堂本身着了火也会是这样的情形。一个人吃过年饭小睡了半个小时，醒来一抬头准会问："有什么消息吗？"听那口气仿佛别人都在为他打探消息。有人则嘱咐别人每过半小时叫醒他一次，毫无疑问不为别的只为听听消息；随后，为了表示回报，他们把他们所做的梦讲给别人听。一夜睡觉醒来，消息如同早餐一样必不可少。"快给我讲一点消息，有人在这个地球上什么地方

---

[1] 圣维特斯，公元3世纪舞蹈病患者的保护圣徒。

发生过什么事儿吗？"——他喝着咖啡，吃着面包卷，在报纸上看到这天早上瓦奇托河边一个人的眼睛被挖出来了；却从来不想一想，他生活在这个世界的深不可测的大洞里，他自己一只眼睛已经不管用了。

至于我这厢，离开邮局我可以应付裕如。我想，通过邮局传递的重要消息并不是很多。说得不客气一点，我活了这么大也就只收过一两次信是值得花费邮资传递的——这还是几年前我写过的一点见解。一般说来，一便士邮资的制度，目的是通过这个办法让你很严肃地花一个便士便得到了他的思想，但往往对方只是提供了一些无关痛痒的玩意儿。我敢说，我在报纸上从来没有看到过任何值得纪念的消息。倘若我们读到一个人被拦路抢劫了，或者被杀害了，或者死于非命，或者一所房子着火了，或者一艘船失事了，或者一艘轮船爆炸了，或者一头奶牛在西部铁路上被撞死了，或者一只疯狗被杀掉了，或者大冬天飞来了一大群蝗虫——那么我们大可不必读别的东西了。一则消息就足够了。倘若你很熟悉原则，你何必关心大量的例子和应用情况呢？对于哲学家来说，所有消息，一如人们常说的，就是闲言碎语，编辑消息的人和阅读消息的人都是喝茶聊天的老女人。然而，热衷这种闲言碎语的人可不在少数。前些日子，我听说一家办公室因为打探最新到来的国外消息，人们蜂拥而至，那家机构的好几面窗玻璃都被挤碎了——那则消息，我认真地琢磨一下，头脑机敏一点的人在十二个月或者十二年之前就可以写出来，

还准确无误呢。比如说西班牙，倘若你知道如何在消息里写进唐卡洛斯和公主，写进唐彼得罗和塞维利亚和格拉纳达，一次又一次都按比例写这些名字——自从我看报纸以来他们也许更换了几个名字——别的娱乐不景气时尽管把斗牛活动写进去，这就无愧于消息这个字眼，让我们很好地了解到了西班牙各种事情烂粥一锅的真实现状，如同报纸上这个标题下那些最简明最清楚的报道一样。又比如英格兰，来自那个地方的最后一则重要消息几乎就是一六四九年的革命；倘若你矢口道英格兰谷物每年平均产量的历史，那么你就永远不需要再为这事费心了，除非你是打算纯粹挣钱进行一些投机活动。倘若你能看出来谁很少看报纸，那么就知道外国真的没有什么新闻发生，一场法国革命也算不得什么例外。

　　什么新闻！弄清什么事情永远算不上旧闻，那才是再重要不过的呢。"蘧伯玉（卫国士大夫）派人去孔子那里打探消息。孔子招呼使者坐在身旁，用下面的话问道：你家的主公在做什么？使者尊敬地回答说：我的主公希望把他的错误全改了，可是他怎么也改不完。使者走了，这位哲学家感叹说：好一个值得尊敬的使者！好一个值得尊敬的使者！"那个传教士，在周末农夫们昏昏欲睡的休息日里没有用这种口气对着农夫们的耳朵布道——因为星期日是苦苦熬过一周的合适的结束，而不是新的一周崭新的勇敢的开始——却用东一下西一下拖泥带水的布道调子，嗓子高得像打雷，嚷叫道："停——停！停——停！为什么看样子快得很，却慢得要

死呢？"

各种伪善和欺骗被尊为最健全的真理，而现实却为人胡编乱造。如果人们安分守己地观察现实，不让自己受人欺骗，那么生活，与我们了解的这类事情相比，倒好像是一种童话和《天方夜谭》了。如果我们只尊敬那种不可避免的事情和有权利存在的事情，那么音乐和诗歌便会在街头回响。只要我们沉得住气，表现机智，我们就会看出来唯有伟大而有价值的东西才能长久存在，绝对存在——小小不言的惧怕和不值一提的快活不过是现实的影子而已。这样做就是令人振奋的，崇高的。闭住眼睛，睡眼蒙眬，甘愿被各种表演欺骗，人们到处建立并沿袭日常生活的常规和习惯，仍然建立在纯粹的虚幻的基础上。儿童，游戏人生的群体，比大人更清楚地看到生活的真实规律，大人没有让生活过得有价值，却凭借经验，也就是说，凭借失败，认定他们表现得更机智。我在一部印度的书里看到，"有一个国王的儿子，从小被赶出了他出生的城市，由一个樵夫养大，在这样的环境里长大成人，认为自己属于他生活其中的野蛮种族。他父亲的一个大臣发现了他，向他透露了他的身份，把他对出身的偏见打消了，于是他知道自己是一个王子。所以，"这位印度哲学家接着说，"受环境影响的灵魂误导了它自己的性格，后来某个神圣的老师把真相揭示出来，这时灵魂才知道自己是婆罗门。"我发现，我们新英格兰的居民过着这种我们习以为常的贫贱的生活，是因为我们的眼界没有看穿事物的表面。我们认为

表面的现象就是生活的本来面貌。倘若一个人走过这个村镇，只看到了现实，那么，你认为"磨房水坝"在他眼里会是什么样子呢？倘若他给我们描述一番他在那里看到的种种现实，那么我们对他描述的"磨房水坝"恐怕认不出来。看到议会厅，或者法庭，或者监狱，或者住宅，在认真注视之前说出某件东西的真实样子，它们会在你的描述中变得支离破碎。人们尊重遥远的真实，在体制的边缘地带，在最遥远的星星后面，在亚当之前，在最后那个人之后。在永恒中确实存在某些真实的和崇高的东西。然而，所有这些时代、地点和场合，就是此时与此地。上帝本身只有此时此刻才是至高无上的，永远不会随着所有时代的消失显得更加神圣。我们只有永不间断地灌输和渗透包围我们的现实，才能够领会什么是崇高，什么是高贵。宇宙不停地顺从地对我们的观念做出回应；不管我们在旅途中行走得是快是慢，轨道已经为我们铺好了。让我们在孕育彼时彼刻之际度过我们的生命吧。诗人和艺术家还从来没得到如此美丽如此高贵的设计，不过他的子孙至少能够完成它。

让我们像大自然那样从容不迫地度过每一天吧，别由于每一片硬果屑和蚊子翅膀掉在轨道上而越出轨道。让我们早起，快起，或者赶快用早餐，平和地用早餐，不受任何打扰；让陪伴者来陪伴，让陪伴者离去，让钟声响起，让孩子们哭喊——决心把日子过好。为什么我们要击倒在地，随波逐流呢？让我们不要心烦意乱，在一顿子午线浅滩上举办的所谓

午餐的吓人的激流和漩涡里一蹶不振。挺过这一险关，随后你就安全了，因为剩下的道路是顺坡下山。让神经别放松，焕发清晨的活力，借助活力扬帆起航，瞄准另一个方向，像尤利西斯[1]一样把自己拴在桅杆上。如果汽笛鸣叫，让它叫去，让它叫得嗓子疼痛嗓子嘶哑。如果钟声响起，我们为什么要逃走？我们要弄清楚钟声是什么乐曲。让我们安之若素，置之度外，安心地干活儿，在舆论、偏见、传统、谬见和相貌的泥泞和烂泥中跋涉，因为它们是覆盖地球的淤泥；让我走过巴黎，走过伦敦，走过纽约，走过康科德，走过教派和身份，走过诗歌、哲学与宗教，一直走到一个适当地方的坚硬的底层和岩石上，我们称之为现实，说，就是这里了，没有错的；然后，在这个支点上，在山洪、冰与火的下面，找到一个地方，你可以建立一道墙或者一个国家，或者安全地竖起一根灯柱，或者一台测量仪器，不是尼罗河水测量仪器，而是一台现实生活测量仪器，以便未来的各个时代可以知道一次次积聚起来的虚假和表面的山洪有多么深。倘若你正好面朝前站着，和事实面对面，那么你会看到太阳两面都闪闪发光，仿佛一把西米特弯刀，感觉到它的灵活的利刃切开你的心脏和骨髓，于是你很高兴地结束你的世俗生涯。生也好死也罢，我们只渴求现实。倘若我们真的奄奄一息了，那么让我们听听我们喉咙呼哧呼哧的喘息声和四肢冰冷异常的感

226

---

[1]　古希腊史诗《奥德赛》里的英雄，在外漂泊几十年才返回故土。

受吧；倘若我们活着，那么让我们为我们的事情奔忙吧。

时间是我在其间垂钓的溪流。我饮用溪水；但是我饮用时却看见溪流的沙土底，看见溪水是多么肤浅。溪流浅薄的流水悄悄流淌，然而永恒依然故我。我会饮用得更深；我会在天空垂钓，看到天底布满鹅卵石般的星星。我竟连一也数不出来。我竟不认识字母表的第一个字母。我总是遗憾我不如出生那天机智了。智力是一把砍肉刀；它明察秋毫，瞄准缝隙直达万物的秘密。我不希望手头忙得不可开交，只应付必需的事情就行了。我的头是手和脚。我感觉到我最好的官能都集中在那里。我的本能告诉我，我的头是一个挖洞的器官，如同一些动物使用它们的鼻子和前爪那样，我要使用它挖掘我的道路，穿透这些山峦。我知道最丰富的矿脉埋藏在这里的什么地方；因此，我会利用占卜杖和升腾的淡雾，做出判断；在这里我将开始挖掘矿产。

辑三

*solitude*

隐居

离万物最近的东西是创造生命的力量。

# 隐 居

这是一个惬意的傍晚，整个身子是同一个感觉，每一个毛孔都流露出快活。我获得了难得的自由，在大自然里进进出出，这正是大自然的一部分。我穿着衬衫，在湖旁卵石丛生的岸边散步，天气冷飕飕的，天空布满云彩，起风了，我没有看见特别吸引我的东西，一切都让我感到特别如鱼得水。牛蛙叫起来，黑夜应声而至，而夜鹰的鸣叫在水波粼粼的湖面上飘荡。哗哗作响的桤木叶和杨树叶令我产生了怜悯之心，一时间连气息都喘不过来了；但是，如同那湖，我内心的安静起了波涛，却没有起伏动荡。这些小小的波涛被傍晚的风吹起来，远远算不上暴风雨，仍然如同平滑的折射的湖面。尽管现在天已经黑下来，风儿仍然在刮，在树林里呼呼作响，但是波浪也只是发出泼溅之声，一些动物制造出催眠的声音，让另一些动物进入梦境。宁静从来不是完全彻底的。野性十足的动物并没有平静下来，这时正在捕获猎物呢；狐狸，臭鼬，兔子，这时就在田野和森林里四处活动，无所畏惧。它们是大自然的看守人——是把白天生机盎然的生活联系起来的连环。

我返回我的房子时，发现几位来访者来过，并且留下了他们的名片，要么是一束鲜花，要么是一个常青藤环，要么是用铅笔在一片黄色胡桃木叶子或者小木片上写下的名字。他们不常到树林里来，因此会弄些树林里的小玩意儿，拿在手里一路把玩，留在这里，或者有意为之，或者不经意落下了。有一位把柳树皮剥下来，编织成了一个戒指，丢在了我的桌子上。倘若来访者在我外出时来访，我总是能把情况看出来，根据折弯的树枝或者青草，或者他们的鞋印，一般情况下都是根据留下的一些微小的痕迹，比如一束丢下的花朵，或者一把拔来而后扔掉的青草，哪怕扔到半英里远的铁路旁，或者残留的雪茄或者烟叶味儿，我能根据这些判断出来者的性别、年龄或者素质。还不止呢，我往往能根据旅行者烟斗的香味，注意到他在六十杆外的公路上行走。

我们周围的空间一般情况下是很宽裕的。我们的地平线永远不会近至我们的村子。茂密的树林不会长到我们的家门口，湖泊也不会溢进我们的家门口，而是总会相隔着一段空地，为我们熟悉，被我们踩踏，让我用某种方式占住，用篱笆圈起来，从大自然那里划出一片占据下来。出于什么理由，我享有了这么大的范围和规模，几平方英里人迹罕至的森林，为我私用，人们遗弃给我呢？我最近的邻居离我一英里远，而且除非站在山头上，我的住所方圆半英里之内看不见一所房子。我的地平线全部被树林包围起来了，所有的树林我自己可以支配；向铁路那边远远望去，一边是湖，而另一边是

围起林地公路的围栏。然而，大多数地方渺无人迹，我孤独地住在这里，如同生活在大平原上。这里离新英格兰和亚洲或者非洲差不多一样遥远。实际上，我有自己的太阳、月亮和星星，还有统统属于我自己的小小世界。夜里，永远不会有旅行者经过我的房子，或者敲响我的门，真好像我就是最早的那个人或者最后的那个人；春天是例外，漫长的间隔之后，一些人从村里来钓大头鱼——他们在瓦尔登湖里钓到更多的是他们自己的本性，利用黑暗给鱼钩当诱饵——不过他们很快就撤走了，通常篮子里没有什么收获，却把"世界留给了黑暗和我"，黑夜的黑色核心从来没有被人类邻居亵渎过。我相信人们一般说来还是惧怕黑暗的，尽管巫婆全都被吊死，基督教和蜡烛也已经引进来了。

不过，有时候，我会体验到，最甜蜜和温柔的社交活动，最纯真最鼓舞人的社交活动，在任何自然的目标里都能找得到，哪怕对可怜的愤世嫉俗者和最抑郁的人也不例外。生活在大自然之中并且各种感官仍然健全的人，就不会产生非常黑色的抑郁。对于健康的天真的耳朵，从来就不会有什么暴风雨，只会有埃俄罗斯[1]式的音乐。什么东西都无法正当地强迫一个简单而勇敢的人陷于一种低俗的悲观情绪之中。我在享受季节的友谊时，我相信无论什么东西都不能够让生活成为我的负担。绵绵细雨滋润了我的豆子，让我今天待在家里，

---

[1] 古希腊神话里的风神。

这雨并不令人讨厌，也不让人沉闷，反倒让我感觉良好。尽管因为下雨我不能到地里锄豆子了，可雨能滋润禾苗，比我锄地更重要。倘若雨下个不停，把种子泡烂了，把低洼地的土豆也泡坏了，那么它对高地上的草还是很有好处的，而只要对草有好处，那么对我就有好处。有时，我难免拿自己与别人比较，看样子好像诸神对我的青睐比对别人的更多，比我感觉到应该得到的要多许多呢；仿佛我得到了一纸证书和保单在他们的手上，而我的同胞却没有，于是我便得到了特殊的引导和保护。我并不是恭维我自己，不过倘若办得到，他们是愿意为我捧场的。我过去从来没有感到孤独，也丝毫没有被孤单的感觉压迫过。不过也有过一次，那是我进入树林几个星期之后，我有那么一阵子怀疑，一种宁静而健康的生活，有近邻相处是不是必不可少。孤单单一个人生活并不令人愉快。但是我同时感觉到我的情绪有一点荒唐，好像我能够预示我的康复。在一场绵绵细雨之中，这些思绪很容易活跃起来，我突然感觉到在大自然中竟然有这样甜美这样受益的交往，每一滴下落的雨点，我房子周围每一种声音和景致，都是一种无穷无尽和无以数计的友好，如同一种气氛，全都同时在扶持我，使那种想象中的与人类邻居相处的各种好处显得微不足道，以后便再也不想它们了。每根小小的松针都生出了同情之心，变长了，变粗了，和我交上了朋友。我在这样的环境中明显地意识到某种与我有缘的东西，哪怕在我们习惯称之为野蛮和无聊的场景中都有这种认同感；我

意识到与我最亲近的血缘、最有人性的东西，并非一个人，也并非一个村民，我一点不觉得某个地方再会让我感到陌生了——

> 悲切错生，助长悲哀；
>
> 生地不利，日子难挨，
>
> 托斯卡纳，女儿美哉。[1]

在春天或者秋天，滂沱大雨下个不住时，我便有了一些最愉快的时光，因为大雨把我拦在了家里，或者一上午，或者一下午，听着它们持续不断的呼号和泼溅声，我便感到十分舒坦；一丝儿早到的黄昏引来了一个漫长的夜晚，许多念头便会及时扎下根来，让它们自己伸展开来。从东北方向一路过来的大雨，把村子里的房屋冲刷得如过难关，女佣们手拿墩布和水桶站在前门口拦截大水流入，这时我坐在我的小房子的门后面，虽只是唯一的出入口，却让我领略到了它的保护作用。从前，在一场雷霆万钧的雷雨中，闪电把湖对岸的一棵大松树击倒了，在树桩上从上到下劈出一个十分显眼、十分完整的螺旋形状的大裂缝，一英寸或者更深一些，四五英寸宽，如同你在手杖上一贯雕刻的纹路一样。前天我又经过它，好好审视了一番那个大疤痕，眼下比过去更加扎眼，就在这地方八年前那不轻易伤人的天空打下来一个令人胆战又不可抗拒的霹雳。人们经常对我说："我看你在那里会感到

[1] 诗句出自《乡村教堂的哀歌》一诗，系英国诗人葛雷（Thomas Gray）所作。

孤独的，难免想和人走得更近一些吧，尤其在雨天、雪天和黑夜。"我忍不住总想这样回答：我居住的这个地球，整个儿的，都只不过是浩瀚空间的一个小小的点儿。你想想，遥远的天空那颗星，我们的望远镜根本无法看出它的大小，上面两户相距最远的居民能有多远呢？我为什么应该觉得孤独呢？我们的行星难道不是在银河系里吗？你提的这个问题对我来说好像最算不上重大的问题呀。什么样的空间把人和他的同胞隔绝，让他感到孤独呢？我发现，两条腿无论怎样用力行走，也不能把两种心境彼此带在一起。我们最想与谁毗邻而居呢？多数人一定都不想与车站、邮局、酒吧、会场、学校、杂货店、烽火山和五点区<sup>[1]</sup>这种场所毗邻而居，因为这些地方人群拥挤——而更喜欢接近我们生命源源不绝的大自然，因而根据我们所有的经历我们发现了这种倾向，如同生长在水边的柳树，让它的根须向水边生长。这种倾向会因为不同的天性而表现各异，不过智慧的人会在这样的地方挖掘他的地下室……一天晚上我意外地碰上一位同镇市民，他已经积累了所谓的"一笔不错的资产"——不过我从来没有对这份资产好好审视一番——那是在去瓦尔登湖的路上，他赶着两头牛到市场去，问我如何想到这个活法，把那么多生活的舒适都放弃了。我回答说，我真的从内心喜欢这种活法；我不是在说玩笑话。就这样，我回到家，上床睡觉，让他在黑暗里踩着泥路向布莱顿走去——或者，向光明镇走去——他在早上某个时候就会走到那里了。

244

对一个死者来说，任何觉醒或者复活的前景都会让时间和地点变得无足轻重。也许会发生这种情况的地点总是一样的，对我们的一切感官来说有着难以描述的快活。我们大多数人都只让外在的转瞬即逝的环境成为我们忙碌的缘由。实际上，它们是我们分心的原因。离万物最近的东西是创造生命的力量。这种最主要的法则就在我们身边，在继续发生作用。我们身边的东西不是我们雇用的、特别喜欢与之说话交流的工匠，而是把我们创造出来的那个工匠[1]。

"天与地的各种神奇力量的影响，是多么广阔多么深远！"

"我们试图识破它们，可是我们看不见它们；我们试图听到它们，可是我们听不见它们；用物质把它们界定，它们却不能从物质里分离出来。"

"正是因为有了它们，全宇宙的子民才让他们的心地纯洁，让他们的心地神圣；在节假日，人们身穿盛装向他们的祖先摆贡献祭并承担责任。那是奥妙智力的海洋。它们无所不在，在我们左边，在我们右边；它们从四面八方把我们环抱起来。"

我们是一种试验的客观物体，我对这种试验的兴趣还不止一点点呢。在这些条件下，难道我们不能离开我们闲言碎语的社会一会儿吗？——难道我们不能让我们自己的思想给

------

[1] 这里当指上帝。

我们带来活力吗？孔子一语道破玄机："道德不会像遗弃的孤儿那样存在；它一定会有邻居的[1]。"

有了思考，我们可以在一种健全的观念里尽情发泄。通过心灵有意识的努力，我们能够站在高处，躲开各种行为及其结果；世间万物，好也罢坏也罢，像一条洪流一样从我们身边经过。我们不是抱成一团存在于大自然之中的。我可以是这条河流里的一片漂木，也可以是悬浮在空中向下俯瞰这条河流的因陀罗[2]。我可以在剧场里看戏而备受感动；另一方面，我也可以目睹一件看样子与我息息相关的实际事件而无动于衷。我只知道我自己是作为一个人而存在的；可以说，我就是各种思想和情感的舞台场景；我很清楚我有双重性格，凭借这种双重性格我可以像远离别人一样远离我自己。不管我的经验多么强烈，我都能意识到我的一部分分离出来对我进行批评，在某种程度上又不是我的一部分，而是旁观者，没有与我分享经历，而是对我的经历冷眼旁观；这种情形正如那不是我，也不是你。等到人生的戏演完了，它也许是一场悲剧，那位旁观者便离开了。就第二重人格来说，它是一种虚构，只是一种想象力的杰作。这种双重性格可以轻而易举地让我们有时很难与别人做邻居，交朋友。

我发现，大部分时间独处是有益健康的。有人做伴儿，哪怕是最好的伴儿，用不了多久也会感到厌倦，不欢而散。我喜欢独处。我从来没有感到有伴相处会比独自相处这么自如。我们在国外与人相处，比在我们的家里，更多的时候会

———————————

[1] 孔子原话为：德不孤，必有邻。

[2] 印度最古老的宗教文献及文学作品《吠陀经》里的主神，司雷雨。

感到更加孤独。人在思考或者工作时总是孤独的，不管他在什么地方都不会例外。孤寂不能以一个人距离他的同胞的空间的英里数来衡量。在剑桥学院拥挤的小房子里真正用功学习的学生，如同在沙漠里的一个托钵僧一样孤独。农人在田地里或者树林里干活儿，一干就是一整天，或者锄地松土，或者砍伐木料，并不感到孤独，这是因为他忙于干活儿；但是等他晚间回到家里，却不能独自在屋子里待着，让自己想点事情，而一定要到"看得到人群"的地方去待着，找找乐子，而且他认为这样做是补偿他自个儿一天的孤独；因此他很不理解学生一个人待在房子里，通宵不动窝，大半天不觉无聊和"沮丧"；可他也没有认识到，学生尽管待在他的房子里，却是在他的田地里干活呢，在他的树林里砍树呢，正如同农人在他的田地和树林里一样；随后学生也要寻求同样性质的乐子，寻求同样性质的社交，尽管他的乐子和交往也许更具凝缩的形式。

社交通常是廉价的。我们频频见面，相隔时间短促，没有时间从对方那里获得任何新的价值。一天三餐，我们相距餐桌边，互相给予的是那种陈旧的发霉的乳酪味道，因为我们只有这个。我们不得不达成协议，同意某一套规则，那就是所谓的礼仪和礼貌，借此让这种频繁的聚会相安无事，无需公开的战争。我们在邮局见面，在社交场合见面，每天晚上在篝火旁见面；我们生活得密不透风，互相挡道，互相使绊子，我认为我们会因此失去相互之间的一些尊敬。当然，

对于所有重要和开心的聚会，交往少一点也足可以了。想一想工厂里的姑娘们——永远不会感到孤独，在她们的梦里也很难感到孤独。如果一平方公里只有一名居住者，就像我的居住情况，那也许会好得多。一个人的价值不在他的皮肤里，我们不应该去触摸他。

我听说过一个人在树林里迷路了，饥饿得要死，疲惫不堪地倒在一棵树底下，他的孤独会因为奇形怪状的幻觉得到缓解，由于他体力不支，他那病态的想象力把他包围起来，而他却相信是真实的。同样，由于身体健康，精神很好，我们可以通过类似的更正常更自然的社交活动不断地获得活力，从而知道我们从来就不是孤独的。

在我的房子里，我有许多东西陪伴着；特别是在早晨，没有人造访的时候。让我列举几种比喻，也许有一种可以传达出我的状况。与湖里呱呱大叫的潜鸟相比，我不觉得更孤独，就是与瓦尔登湖本身相比，我也不觉得更孤独。请问，那孤独的湖可有陪伴吗？但是，它不仅有蓝色的魔鬼，水中还有蓝色的天使呢，就在蔚蓝的水波上。太阳是孤独的，除非天气恶劣，乌云密布时，天上有时候看起来有两个太阳，不过有一个肯定是假的。上帝是孤独的——但是魔鬼，他就一点也不孤独；他看得到许多伙伴；他有一大批追随者。比起牧场上一根独独的毛蕊花或者蒲公英，我算不上孤独；或者，与一片豆叶、一棵酢浆草、一只马蝇，还有一只大黄蜂相比，我也算不上孤独。我不比磨房溪、风信子、北极星、南风、四月的阵雨、一月的

融雪或者新房子里的第一只蜘蛛更孤独。

在漫长的冬季的夜晚，我会接待偶然来访的客人。那时往往大雪纷飞，树林里风儿呜呜呜叫，一位老资格的移民和最早的领主会来拜访，据说是他挖掘瓦尔登湖并用石头砌起来，在湖边四周栽了松树林；他给我讲述过去时光和新而永恒的故事；我们俩都对付着争取过一个令人开心的夜晚，既有交往的喜悦也有对事物的令人愉快的看法，尽管没有苹果和苹果酒——他是一位最智慧最幽默的朋友，我对他爱戴有加，他留给了自己更多的秘密，连戈菲和华莱[1]也比不上他。尽管人们以为他死了，可是谁都不知道他埋葬在哪里。还有一位老夫人，住在我的附近，大多数人都没见过她，我有时候喜欢在她的芳香四溢的百草花园里遛遛，采集一些花草，听听她的寓言；因为她有无比丰富的创造力，她的记忆可以追溯到比神话更久远的时代，能够讲述每则神话的出处，每一个事实是什么来由，因为这些事件都发生在她很小的时候。一位脸色红润结结实实的老夫人，不论什么天气什么季节她都高高兴兴，看样子她会比她的儿女活得更长久。

大自然的纯真和惠泽是无法描述的——太阳、风和雨，夏天的和冬天的——如此健康，如此振奋，它们永远施与我们！如此同情，它们一直施与我们人类，而且如果人为了正当的理由而感到悲愁，那么大自然的一切都会受到感动：太阳的光辉会黯淡下去，风会像人一样叹息，云会落下泪珠，树林会在仲夏脱落叶子穿上丧服。难道我不应该和土地心心

254

[ 1 ] 戈菲（William Goffe）与华莱（Edward Whalley），二人均是审判并对查理一世行刑的法官。在英国大革命中，他们都是克伦威尔的得力将领，保皇党复辟后他们都逃跑到美国的新英格兰。

相印吗？难道我不是部分叶子和蔬菜造就的吗？

什么丸药能使我们保持健康、平静和满足呢？不是我的或者你的曾祖父的药丸，而是我们大自然的曾祖母的宇宙的蔬菜和植物药，她靠吃这些东西永葆青春，在她的时代活得比许多"老派尔"[1]都长命，靠她衰老的脂肪活得十分健康。至于我的灵丹妙药，当然不是江湖医生用冥河水和死海的水合成的药丸，摆在那些又长又浅的船形车子上，我们有时会看见这种车专门用来拉瓶子；我的灵丹妙药是深深呼吸纯净的早晨的空气。早晨的空气啊！倘若人们不能在一天的泉头喝到这种泉水，哎呀，那么，我们一定要用瓶子装起一些，放在商店里出售，为这个世界上那些丢掉早晨订购票的人们提供方便。不过请记住，哪怕它在最寒冷的地窖里能保存到正午，你还是应该早早地打开瓶子盖，然后随着奥罗拉的步子向西走去。我对许革亚[2]并不崇拜，这位老医药神埃斯科拉庇俄斯的女儿，在纪念碑上她一只手抓住一条蛇，另一只手拿着一个杯子，因为那条蛇要经常喝杯子里的水。我宁愿崇拜希勃，为朱庇特拿杯子的人，她是朱诺[3]和野生莴苣的女儿，她的神力能使诸神和人们恢复青春活力。她也许是在地球上行走过的唯一真正健壮、健康、丰满的年轻女子，她走到哪里，哪里就是春天。

［1］ 派尔（Thomas Parr），英国的老寿星，以"老派尔"出名，诗人约翰·泰勒曾写诗赞美过他。

［2］ 古希腊神话里的健康女神，是医药神埃斯科拉庇俄斯的女儿。

［3］ 古罗马神话里的天后，主神朱庇特的妻子。